KB078461

THE LORD OF FANTASY

몽환의 군주

FUSION FANTASTIC STORY

텀블러 장편 소설

몽환의 군주 7

텀블러 장편 소설

초판 1쇄 찍은 날 § 2014년 1월 13일
초판 1쇄 펴낸 날 § 2014년 1월 20일

지은이 § 텀블러
펴낸이 § 서경석

편집부장 § 권태완
편집책임 § 박은정

펴낸곳 § 도서출판 청어람
등록번호 § 제1081-1-89호
등록일자 § 1999. 5. 31
어람번호 § 제1-1754호

주소 § 경기도 부천시 원미구 부일로 483번길 40 서경B/D 3F (우) 420-822
전화 § 032-656-4452 팩스 § 032-656-4453
http://www.chungeoram.com
E-mail § chungeorambook@daum.net

© 텀블러, 2013

ISBN 978-89-251-3670-7 04810
ISBN 978-89-251-3480-2 (세트)

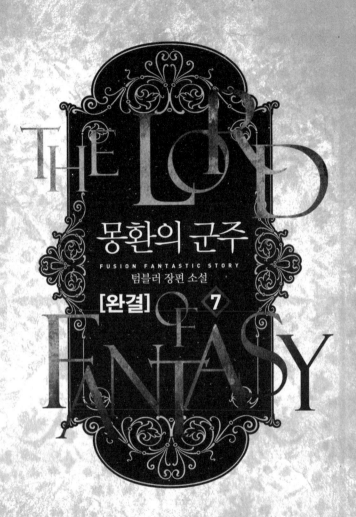

THE LORD OF FANTASY

몽환의 군주

FUSION FANTASTIC STORY

텀블러 장편 소설

[완결] 7

도서출판 청어람

THE LORD OF FANTASY

CONTENTS

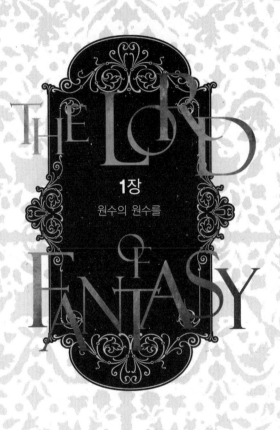

THE LORD OF FANTASY

1장

원수의 원수를

　스티아블로 영주성 내부 정원, 아론과 아르마니가 찻잔을 앞에 둔 채 마주앉아 있다.

　"…그러니까 나더러 지금 에리시아를 쳐달라는 말인가?"

　"그렇소이다. 만약 그렇게만 해준다면 차후에 개국선언을 할 때 우리가 당신들을 지지해 주겠소."

　아론이 찻잔에 남아 있던 차를 모두 마셔 버렸다.

　후루룩!

　"좋군."

　다소 애매한 아론의 표정 때문인지 아르마니의 낯빛이 그다지 좋지 못하다.

"…어떻게 하실 것이오?"

"뭘 어떻게 해. 돈을 준다면 싸워주어야지."

"정말이오?"

"사실, 우리 입장에서 루멘트의 지지 따위가 무슨 소용이 겠어? 안 그렇소?"

순간, 아르마니의 양쪽 미간이 보기 좋게 일그러진다.

"말 좀… 가려서 해주실 순 없겠소?"

"어이쿠, 내가 실수를 했던가? 미안하게 됐수다."

누가 뭐라고 해도 아르마니는 황태자 카미엘의 최측근이 며 제국의 후작이다.

자존심이라면 그 누구에게도 뒤지지 않을 사람이라는 소리다.

하지만 그런 그가 아론의 도발에도 평정심을 유지한다.

"되었소. 피차 그런 것 가지고 얼굴 붉힐 사이 아니니."

"역시 아량이 넓으신 귀족 나리시군."

"…고마워서 눈물이 날 것 같소이다."

"뭐 그렇게까지 말씀하실 것은 없소."

아론은 지금 일부러 아르마니를 도발하고 있다.

돈을 받고 전투를 치르는 것은 아론의 입장에서는 그다지 나쁜 선택이 아니었다.

하지만 제국을 100% 다 믿을 수는 없는 노릇이었다.

그래서 아론은 과연 아르마니가 어디까지 숙이고 들어오

는지 지켜보기로 했던 것이다.

"우리가 전투를 치른다고 칩시다. 그럼 얼마를 줄 거요?"

"금화 1만 골드면 되겠소?"

전투 한 번에 받는 돈치고는 금화 1만 골드는 엄청난 금액이다.

그러나 아론은 고개를 가로젓는다.

"에이, 뭐 그렇게 쩨쩨하게 구는 거요?"

"…당신에게는 1만 골드가 뉘 집 개 이름인 모양이오?"

"그런가? 이 집 마당에 개가 많던데, 그 개들의 이름을 죄다 1만 골드로 지으면 되겠군."

아르마니가 분노를 삭이느라 주먹을 바들바들 떤다.

제아무리 아르마니가 평정심을 유지하려고 해도 아주 작은 흔들림은 표출되게 마련인 것이다.

'제기랄……!'

하지만 그는 짐짓 익살스러운 미소를 짓는다.

"뭐 그렇게 빡빡하게 구는 거요? 어차피 돈이라면 환장하는 칼리어스 아니오?"

"돈이라면 환장하는 것은 제국이 제일이지. 돈 때문에 버린 영지가 몇 개인데."

"아무튼 1만 골드로는 모자라다는 말이오?"

"역시 말귀는 참 잘 알아듣는단 말이야."

아르마니가 호탕하게 테이블을 툭 친다.

"좋소! 그대가 원하는 조건을 네 개 들어주겠소. 그럼 공평하겠지?"

"네 개? 그럼 그 네 개는 내가 원하는 것이라면 뭐든 들어주는 것이오?"

"들어보고……."

아론이 아르마니 앞으로 몸을 쭈욱 뻗는다.

"들어보고 결정할 것이라면 애초에 그런 조건은 왜 걸어둔 거요? 안 그렇소?"

워낙 죽을 고비를 많이 넘긴 아론이라 아르마니가 네 가지 조건을 다 들어주지 않을 것이라는 사실을 너무나도 잘 알고 있었다.

그가 이렇게까지 밀어붙이는 것은 제국을 조금이라도 더 가지고 놀기 위함이었다.

처음부터 호의적으로 나오면 제국이 칼리어스를 괄시할 수 있다는 것이 아론의 생각이었던 것이다.

"좋소. 이렇게 된 마당에 내가 뭘 못 들어주겠소?"

"정말이오? 그럼 내가 원하는 것을 가감 없이 말해 드리리다. 괜찮겠소?"

"물론이오."

아론은 칼리어스 군이 사용하는 연습장에 네 가지 조건을 적어 내려갔다.

사각, 사각…….

생전 처음으로 연필이라는 것을 구경한 아르마니가 고개를 갸웃거린다.

"그건 또 뭐하는 물건이오?"

"보면 모르시오? 글씨를 쓰는 물건이지."

"아하, 이게 그 말로만 듣던 공책이라는 물건이오?"

"그렇소. 한 권 드리리까?"

"됐소. 나는 양피지가 더 편하오."

"마음대로 하시오."

이윽고 아론이 네 가지 조건을 모두 적어 그에게 내밀었다.

"다 들어주리라 믿겠소이다."

네 가지 조건을 전부 확인한 아르마니가 오만상을 다 찌푸린다.

"이, 이게……."

"내 조건이오. 어떻소?"

공책을 잡은 아르마니의 손이 바들바들 떨려온다.

조건 1. 제국은 에리시아를 칼리어스에게 넘긴다.

조건 2. 제국은 영지 세 개를 칼리어스에게 넘긴다.

조건 3. 칼리어스 군은 이 시간부터 제국의 국경지대를 조건부로 넘어갈 수 있다.

조건 4. 칼리어스는 군부 내 상단을 제국의 영지 30개에 파견하여 교역할 수 있는 권한을 갖는다. (단, 세금은 1할로 고정시킨다)

'이, 이런 미친 자식을 다 보았나?'

아르마니의 표정이 경악으로 가득 찬 것을 바라보며 아론이 콧노래를 부른다.

"어떻소? 이 정도면 꽤나 절충해서 적어놓은 것 같은데."

말이 좋아 조건이지 이건 마치 불평등 조약을 맺는 것이나 다름없었다.

군사가 국경을 마음대로 드나들고 서른 개나 되는 영지에서 대놓고 장사를 한다는 것은 있을 수도 없는 일이었다.

그럼에도 불구하고 아론은 뻔뻔하게 이 조건을 고수시킨다.

"해준다고 약속했으니 지키겠지. 안 그렇소?"

"……."

상황이 급박하니 칼자루를 쥔 쪽은 아론이었다.

지금 이 상황에서 아르마니는 단호하게 '아니오'를 외칠 수 있는 입장이 아니었던 것이다.

"자아, 어떻게 하시겠소?"

아르마니의 입장에서는 아론에게 간이라도 빼 주어야 할 판이다.

그러니 일단 숙이고 들어온다.

"좋소! 까짓것, 그렇게 합시다!"

"정말이오?"

"설마하니 내가 한 입으로 두말하겠소?"

"화끈해서 좋군."

물론 아르마니는 나중에 분명 아론의 뒤통수를 치고도 남을 위인이다.

하지만 이 중에 절반만 지켜져도 아론에겐 큰 이득이 되는 셈이다.

"아무튼 나는 그럼 에리시아로 진격하겠소."

"부디 그렇게 해주시오."

자리에서 일어서려는 아르마니에게 아론이 손바닥을 쫙 펴서 내민다.

"뭐요. 이게?"

"뭐긴, 돈을 줘야 진격을 할 것이 아니요?"

순간 할 말을 잃은 아르마니다.

'이 작자가 진짜 보자보자 하니까……!'

그러나 따지고 보면 아론의 말도 아주 틀린 것은 아니었다.

엄연히 적국인 루멘트를 아론이 도대체 뭘 믿고 군사를 움직인단 말인가?

"그럼 선금으로 3할을……."

"우리 장비가 워낙 신식이라서 운영하는 데 들어가는 돈만 엄청나다는 사실을 아셔야 할 것 같은데? 선금에는 착수금이 포함되어 있으니 최소한 절반은 주어야 할 것 같소만?"

"저, 절반이나……?!"

"나도 이러긴 싫지만 어쩌겠소? 세상이 워낙 흉흉한 것을."

일단 제국의 입장에선 아론을 움직이게 하는 것이 급선무다.

"좋소. 그럼 내가 돈을 준비할 테니 국경지대에서 대금을 치르는 것으로 합시다."

"그런 조건이라면 응할 용의가 있지. 좋소, 그렇게 합시다."

뒤통수에 뒤통수를 치는 전쟁, 아르마니와 아론의 표정이 극명하게 갈린다.

*　　　*　　　*

아르웬 황성 내부 정원, 이곳은 불과 반나절 만에 피로 물들어 있었다.

"막아라! 폐하께서 별궁에 계신다! 죽을 때까지 막아야 한다!"

"충!"

에리시아 군 별동대와 근위대의 싸움으로 이미 정원은 쑥대밭으로 변한 지 오래였다.

현재 친위대와 황도 수비 병력이 황궁으로 돌입해 오고 있었지만 이곳까지 도달하는 데 과연 얼마나 걸릴지는 미지수였다.

거지꼴을 한 별동대는 타이밍을 잘못 맞추었다는 생각을 버릴 수가 없었다.

"대장! 우리가 여기서 살아 나갈 수는 있는 겁니까?!"

만신창이가 된 천인대장들이 별동대장에게 피맺힌 푸념을 늘어놓는다.

하지만 그는 부하들의 푸념에 절망으로 답한다.

"어차피 우리는 여기서 죽는다. 원래 그렇게 각오하고 온 것이 아니었던가?"

"그렇지만 대장……."

"폐하께서 식솔들을 알아서 잘 거두어 주실 것이다. 그 하나만 바라보고 견뎌 온 매복이 아니었던가?"

반란을 획책한지 어언 반년, 그동안 그들은 돼지우리보다 못하다는 뒷골목 시궁창에서 인고의 세월을 보내야 했다.

사람취급도 못 받으면서 보낸 그 세월은 시리스가 다 보상하겠노라 약속했던 것이다.

이제 고향으로 돌아가면 처자식들과 떵떵거리면서 살 일만 남았던 터였다.

그런데 이렇게 막다른 골목에 몰리다니, 피가 거꾸로 솟을 지경이었다.

"부모님께 효도하고 처자식에게 재산 꽤나 남길 수 있다면 그걸로 된 것 아닌가?"

"후우…… 그렇게만 된다면야 더 바랄 것이 뭐가 있겠습니까?"

"꼭 그렇게 될 것이다."

별궁으로 들어가는 길목은 이미 막혔고 뒷길 역시 황도 수비군이 들이닥쳐 퇴로가 차단된 지 오래였다.

"대장, 이렇게 된 김에 그냥 황궁을 빠져나가는 것이 어떻습니까?"

"그게 마음대로 될 것 같았으면 이미 이곳에 있지도 않았겠지."

"듣자 하니 이곳에서 옛 황녀의 별궁으로 들어가는 길이 곧장 이어진다고 합니다."

"그럼 황녀 궁으로 돌입해 탈출을 계획하자?"

"뭐, 그런 셈이지요."

수뇌부가 일제히 별궁으로 고개를 돌린다.

이제는 황녀가 기거하지 않기 때문에 별궁에는 병사들이 머물지 않고 있었다.

"그래, 그 방법이 좋겠어!"

어차피 황제를 죽일 수 없다면 최대한 이곳에서 오래 버티다 살아남는 편이 나을 것이다.

에리시아 별동대에 별궁으로 후퇴라하는 명령이 떨어진다.

"후퇴한다!"

"예?! 어디로……."

"황녀궁이다! 황녀궁으로 피신한다!"

일사분란하게 움직이는 별동대 뒤로 근위대가 쫓아온다.

"잡아라!"

"끈질긴 놈들!"

이번에는 입구를 틀어막은 쪽이 바뀌었다.

너무나 허무하게 끝을 맺는 것이 아닌가 싶었지만 에리시아에서 그들을 버렸는데 다른 결말을 기대한다는 것 역시 어불성설이었다.

황성 내부에서 벌어진 전투가 길어질 것으로 보인다.

*　　　*　　　*

아론이 에리시아로 진군한다는 소리에 크리스틴이 아론에게로 득달같이 달려갔다.

씩씩거리는 그녀의 눈가는 이미 붉어질 대로 붉어진 상태였다.

"이봐요! 사람이 어쩜 그래요?!"

"내가 뭘 말입니까?"

"아무리 원수의 집안이라도 그렇지, 내가 이렇게 두 눈 시퍼렇게 뜨고 살아 있는데 어떻게 본성을 칠 수가 있어요?!"

"누가 그럽니까? 본성을 친다고?"

"그럼 아니에요?!"

화가 머리끝까지 난 그녀에게 아론이 차분한 어조로 물었다.

"좋습니다. 백번 양보해서 내가 제국과 손잡았다고 칩시다. 그런데 어째서 내가 도리에 어긋난 사람 취급을 받아야 하는 겁니까?"

"뭐, 뭐라고요?"

"생각을 좀 해보십시오. 당신과 나는 이미 아무것도 아닌 사이입니다. 지금까지 당신을 살려둔 것도 몸값 때문이지 다른 이유는 없습니다."

"다, 당신 정말……."

"그럼 내가 당신에게 무슨 연인의 대우라도 해줄 줄 알았습니까?"

아론과 그녀는 이제부터 엮이지 않는 편이 좋다.

설사 아론이 에리시아를 치지 않더라도 그녀와는 거리를 두는 것이 올바른 선택이다.

괜히 잔정을 더 들였다가 무슨 낭패를 볼지 알 수가 없기 때문이다.

꿀 먹은 벙어리가 된 그녀를 아론이 아무렇지도 않게 지나친다.

"만약 집에 돌아가고 싶다면 말하십시오. 가는 길에 떨궈주고 갈 테니까."

"……."

"싫습니까? 싫으면 계속 여기 계시든가."

출정을 준비하는 아론에게 그녀가 물었다.

"…그럼 이제까지 당신과 나는 어떤 사이였던 건데요?"

"그걸 몰라서 묻습니까?"

"몰라요. 모르겠으니까 묻는 것 아닌가요?"

"어떤 사이긴요. 아무 사이도 아니죠."

조금은 독해질 필요도 있는 것이 세상이다.

그녀의 가슴에 대못을 박는 일이 아론이라고 좋을 리가 없다.

하지만 어려서부터 일이 이렇게 풀릴 것임을 아론과 그녀는 어렴풋이 알고 있었는지도 모른다.

"…그게 당신 진심이에요?"

"물론입니다. 애초에 당신과 나 사이에 일말의 정이라도 있었던 것도 아니지 않습니까?"

"손톱만큼의 정도 없었다?"

"그걸 매일매일 내 머릿속에 각인시켰던 사람은 내가 아닌 당신으로 기억하는데? 아니었습니까? 추남에 가진 것도 없는 나를 인간 이하로 취급했던 것 같습니다만?"

"그, 그건……."

아론이 먼저 영주 집무실을 나선다.

"나는 출정준비로 바쁩니다. 더 할 말이 있다면 집사를 통해 하시죠."

그리고 아론은 더 이상 일말의 미련도 없다는 듯이 문을 열고 밖으로 나가 버렸다.

*　　　*　　　*

아론이 에리시아로 진군한다는 소문은 상인들을 타고 연합군 소속 전 국가로 퍼져 나갔다.

마법 메시지를 받은 것은 아이엔 왕국 역시 마찬가지였다.

"드디어 그가 제대로 된 길을 걸으려는 모양이군."

국왕 페이튼은 전령이 가져다 준 전갈을 받고는 아주 흡족한 미소를 지었다.

그는 곁에 앉은 실비아에게 물었다.

"실비아야."

"예, 아바마마."

"네가 보기엔 지금 아론의 행보가 무엇을 뜻한다고 보느냐?"

"그것은……."

"한 번 말 해 보거라."

실비아가 수줍게 웃는다.

'국혼을 뜻하지 않겠사옵니까?'

이렇게 말하고 싶은 것을 실비아는 굳이 가슴 속 깊이 삼킨다.

그녀 역시 여자이기에 누군가를 좋아한다는 말을 먼저 꺼낼 수는 없었던 것이다.

페이든이 천치가 아니고서야 그런 마음을 알아보지 못 할리가 없다.

"아론이 에리시아로 진격했다 돌아오면 짐이 직접 친서를 보내야겠다."

"친서를요?"

"기왕지사 이렇게 된 김에 어서 서둘러 국혼을 마무리 지어야 할 것이 아니냐?"

"하, 하지만 소녀는 아직……."

"네 나이가 몇이더냐? 듣자 하니 아론은 여자의 나이를 크게 신경 쓰지 않는 것 같다던데. 다른 왕국에서 밀어붙이기 전에 우리가 먼저 선수를 쳐야지. 이번에는 짐이 직접 쐐기를 박으리라."

얼굴도 못 보고 첫날밤을 맞는 부부가 어디 한둘이던가?

그렇게 치면 실비아는 지금까지 시집을 안 가고 기다린 보람이 있는 셈이었다.

"아바마마……."

"왜 싫으냐?"

"그, 그런 것은 아니옵고……."

페이든이 그녀의 마음에 불을 지핀다.

"듣기로는 아론을 눈독 들이는 왕국이 한둘이 아니라고 하

더군. 곧 개국을 선포할 것이고 인물도 그만하면 준수한 편이
아니더냐?'

확실히 아론의 인물은 근방에서는 찾아보기 힘들 정도로
미남이다.

사실, 아무리 실비아라도 아론이 흉측한 추남이었다면 국
혼을 다시 한 번 생각해 보았을 것이다.

"하오나 아직 그가 마음의 준비가 되지 않은 듯하옵니다."

페이든이 고개를 가로저었다.

"이 아비에게 다 생각이 있나니."

"그 무슨 말씀이온지……."

"조력자가 있다는 뜻이다."

"조력자라 하오면……."

"그런 사람이 있다. 나중에 차차 다 알게 될 것이다."

당장은 고개를 갸웃거리는 그녀지만 빈말이라도 기쁨에
몸이 들썩거릴 것이라는 사실을 페이든은 누구보다 잘 알고
있다.

'다 잘될 것이다.'

할 수만 있다면 직접 아론의 목이라도 잡고 끌고 오고 싶지
만, 팔불출 소리를 들을까 봐 가까스로 참는 페이든이다.

*　　　　　*　　　　　*

유격전으로 연합군 증원 병력을 줄여 나가던 카미엘은 드디어 한계에 부딪치고 만다.

아무리 그의 용병술이 뛰어나다고 해도 10배가 넘는 숫자는 좀처럼 극복하기 힘든 악조건이었던 것이다.

"전하, 지금 황도에 연합군이 당도했다고 하옵니다."

"폐하의 지략을 믿어보는 수밖에."

사실, 그가 이렇게 국지전을 벌이는 것은 칼번에게 힘을 실어주기 위함이었다.

전장을 좌지우지한 사람은 카미엘 본인이지만 이 전쟁을 일으킨 사람은 칼번이었기 때문이다.

그는 이 전쟁을 준비하면서 수많은 문제와 부딪쳐 고민하고 해결하기를 반복했다.

만약 칼번이 아니었다면 이번 전쟁은 아예 일어날 수 없었을지도 모른다.

'그래, 내가 아버지를 믿지 못하면 도대체 누굴 믿는단 말인가?'

카미엘은 최고의 지략가였던 칼번에게 한줄기 희망을 거는 것도 그리 나쁜 선택은 아니라고 생각했다.

이윽고 그의 막사에 전령이 당도했다.

"전하, 제도에서 전갈이 왔사옵니다!"

"또?"

그는 전갈에 초승달 문양의 밀랍이 붙어 있는 것을 확인했다.

순간, 그가 자리를 박차고 일어선다.

"다들 나가 있으라."

"예, 전하."

부하들을 모두 막사 밖으로 내보낸 카미엘이 조심스럽게 밀랍을 떼어냈다.

초승달은 칼번과 카미엘만이 알아볼 수 있는 표식으로, 전란을 대비하여 만들어 두었던 두 사람만의 암호였다.

아버지의 칙서를 받은 카미엘의 표정이 잔뜩 상기되었다.

"아바마마……."

전갈을 모두 읽은 카미엘이 그것을 횃불에 집어던져 버렸다.

화르르륵!

그리고는 곧바로 막사 밖으로 나와 외쳤다.

"군부회의를 소집한다!"

"예, 전하!"

"그리고 병사들은 막사를 철거하고 이동할 준비를 한다!"

막사 밖에서 대기하고 있던 참모들이 고개를 갸웃거린다.

"분명 이곳에서 이틀 동안 대기하신다고……."

카미엘은 국지전으로 연합군의 발목을 부여잡는 것을 목표로 했었다.

참모들은 어지간해서는 변덕을 부리지 않는 카미엘에게

무슨 바람이 불었나 싶었다.

하지만 군 최고통수권자의 말은 곧 법이다.

"명을 따릅니다!"

부산스럽게 움직이는 병사들의 머리 위로 먹구름이 짙게 드리워 온다.

"비가 올 모양이군."

카미엘이 슬그머니 미소를 지었다.

*　　　*　　　*

루멘트와 칼리어스의 국경지대, 아론은 자신을 뒤따르는 한 대의 마차를 보며 연신 미간을 찌푸린다.

"도대체 저 여자의 머릿속에는 뭐가 들어 있는지 모르겠네."

"그렇게 모질게 대한 끝에도 이렇게까지 쫓아오는 것을 보면 아마 영주님을 좋아하는 것은 아닌지 싶습니다."

아론이 진저리를 친다.

"크리스틴이 나를?! 에이, 그런 끔찍한 소리가 도대체 어디 있어?"

벨리안이 고개를 가로젓는다.

"끔찍한 소리가 아니라 그냥 분위기가 그래서 드리는 말씀입니다."

"행여나 그런 소리는 입 밖에 꺼내지도 말게. 말이 씨가 되는 수가 있어."

"소인은 그저 느낀 것만 말씀드린 것뿐입니다."

"아무튼 그러지 말아. 내 혼삿길 막히는 꼴 보고 싶어?"

"후후, 그래서는 안 되지요."

아론이 묵묵히 앞을 바라보고 있던 벨리안에게 물었다.

"있잖아, 벨리안."

"예, 영주님."

"지금 이런 말 하는 것은 좀 그렇지만, 자네 혹시 마음에 둔 처자가 따로 있나?"

순간, 벨리안이 화들짝 놀라 되묻는다.

"예?! 그건 갑자기 왜……."

"추후에 우리가 개국을 선언하면 자네는 당연히 공작이나 대공에 봉해질 거야. 예상하고 있지?"

난데없는 논공행상 얘기가 나와서 그런지 벨리안이 겸연쩍은 미소를 짓는다.

"다른 공신들은 어찌시고……."

"자네가 칼리어스에 1등 공신이지. 어차피 데스나이트와 리치는 논공행상에 자신들을 집어넣는 것조차 꺼릴 테고 말이지."

"그건 그렇습니다만……."

"그래서 말인데. 우리가 개국을 하고 나면 자네가 연합군 왕국들 중에서 한 군데를 골라서 혼약을 맺어주었으면 해."

"정략혼을… 말씀하시는 것입니까?"

"자리가 사람을 만든다고, 자네도 그만한 각오는 하고 있지 않았어?"

벨리안은 아론의 말을 부정하지 않는다.

"안 그래도 그런 생각은 하고 있었습니다. 다만, 아직까지 우리에게 꼭 필요한 곳이 어디인지 모르겠기에 말씀드리지 않았던 것뿐입니다."

"정말 이대로 국가를 위해 장가들어도 괜찮겠어?"

"영주님도 하시는데 저라고 못 할 것이 무엇입니까?"

"후후, 옛날부터 자네는 내가 하면 뭐든지 했어."

"그래서 지금 제가 있는 것 아니겠습니까?"

아론은 순순히 정략을 맺겠다는 벨리안을 보며 씁쓸한 미소를 지었다.

"자네에겐 미안하게 되었어. 사람이 정략으로 팔려 간다는 것이 얼마나 껄끄러운 일인지 잘 알고 있는데 말이야."

"괜찮습니다. 사지 멀쩡하고 정신만 똑바로 박힌 처자면 다 좋습니다."

"후후, 그 말 믿어도 되는 것이지?"

"물론입니다."

벨리안 말고도 가신들은 귀족으로서 작위를 받을 것이다.

그렇게 된다면 아론은 그들을 각 영지의 영애들과 맺어주어 정략혼 관계를 유지할 작정이었다.

뭇 왕들과 똑같이 아론 역시 정략으로 정책적인 안정화를 꽤하고 있었던 것이다.

다만, 중앙집권에서 공신들의 권력을 좀 더 나누어 줄 뿐이었다.

이윽고 저 멀리 루멘트의 국기가 보인다.

"이제 곧 국경지대입니다."

아론이 뒤로 고개를 돌린다.

"그녀에게 이쯤에서 갈 길을 가라고 전해주게."

"예, 영주님."

끝까지 아론을 뒤따라오겠다는 그녀를 만류했지만 그 고집을 꺾을 수 있을 리 만무했다.

그는 여기서 이만 그녀를 보내야 한다는 것을 절감하고 있었다.

그런데 뜻밖의 소식이 들린다.

"영주님! 큰일입니다!"

"큰일?"

"지금 크리스틴 공녀가 독약을 먹고 자살기도를 했습니다!"

"뭐?! 독약?!"

말에서 뛰어내린 아론이 그녀의 마차로 달려갔다.

"크리스틴!"

마차의 문을 열어보니 신관들과 성기사들이 그녀를 에워싸고 있었다.

"어떻게 된 것인가?!"

"어디서 구한 것인지 몰라도 맹독을 먹었습니다!"

"이런……!"

얼굴이 파랗게 질린 그녀의 눈동자가 아론을 향한다.

"지, 진군은……."

"뭐, 뭐라고요?!"

"…계속하실 건가요?"

크리스틴은 자신의 몸을 희생해 진군을 멈추려 한 것이다.

'지독한 여자군……!'

일단 아론은 위급한 그녀를 살리기 위해 진군을 잠시 멈추기로 한다.

"우선… 사람을 살리는 것이 우선이다. 벨리안."

"예, 영주님."

"그녀를 데리고 영지로 돌아가라. 나는 약속대로 에리시아까지 진군할 것이다."

"알겠습니다."

다행이 신관들이 곁에 있었기 때문에 간신히 죽음을 면한 크리스틴이 병사들과 함께 영지로 돌아간다.

정신이 아득해지는 순간까지 그녀는 아론의 이름을 부른다.

"아론……!"

그녀의 부름이 무엇 때문인지 너무나도 잘 알고 있는 아론이지만 못내 고개가 자꾸 돌아간다.

그는 입술을 짓깨물었다.

"진군한다."

"예, 영주님."

아론의 군대가 제국군과 조우하기 위해 진군을 계속했다.

THE LORD OF FANTASY

2장

사업을 번창시키다

　모용설이 한국으로 들어와 수련한 지 벌써 3개월이 지났다.

　유약하기로는 그 누구에게도 뒤지지 않았던 모용설은 눈에 띄게 달라져 있었다.

　뼈밖에 보이지 않던 그의 몸에는 어느새 잔근육들이 자리잡아 검술을 익히기에 가장 이상적으로 변해 있었다.

　그리고 가장 큰 변화, 그의 검술이었다.

　목검을 든 모용설이 화수에게 추검으로 공격을 시도한다.

　"허업!"

　처음엔 직선으로 정직하게 검을 찔러 넣던 그가 화수의 검과 마주치기 직전에 곧바로 검의 길을 바꾼다.

"회선참!"

직선에서 곡선으로 공격을 선회시킨다는 것은 물리적인 법칙을 거스르는 일이다.

상당히 숙련된 고수이거나 뛰어난 재능이 없이는 절대로 불가능한 것이다.

하지만 모용설은 그것을 마치 몸에 배어 있다는 듯, 자유자재로 사용하고 있었다.

딱딱!

정확히 두 번 검이 막히자, 그는 다른 길을 찾는다.

"칠섬식!"

상대방의 몸을 일곱 번 베는 칠섬식은 일곱 번의 변초가 숨어 있다.

어린 모용설이 완벽하게 소화하기엔 다소 무리가 있는 초식이었다.

그러나 모용설은 그것을 가능케 한다.

그에게 검을 가르친 화수는 매일 매일이 그야말로 경이로움의 연속이었다.

'천재다. 이 녀석은 천재야.'

입 밖으로 내뱉진 않았지만 화수가 보기에 모용설은 틀림없는 천재무골이었다.

하나를 가르치면 열을 배우는 이해력과 근성, 그리고 뛰어난 운동신경까지.

뭐 하나 뒤떨어지는 것 없는, 그야말로 가장 이상적인 자질을 가진 사람이라고 할 수 있었다.

화수에게 자신의 모든 것을 쏟아 낸 모용설이 곧바로 방어 자세를 취한다.

"허억, 허억……."

숨이 턱 끝까지 차오르고 있었으나, 모용설은 검을 놓거나 땅바닥에 드러눕지 않는다.

그는 자신이 죽으면 죽었지 검을 잡은 상태에서는 절대 포기를 모른다.

"설아, 이만하면 되었다."

그제야 모용설이 무너지듯 땅바닥에 주저앉는다.

"휴우……. 안 그래도 손가락 하나 움직일 힘도 없던 찰나였습니다."

"녀석. 대견하구나."

화수는 그에게 단백질 쉐이크를 건넸다.

"감사합니다."

중간 중간 그의 몸을 챙기는 것은 사부인 화수의 몫이다.

스스로 자신의 몸까지 관리하기엔 모용설은 너무 어린 나이었던 것이다.

이제 슬슬 뉘엿뉘엿 해가 지려한다.

"밥때가 된 모양이야. 내려갈까?"

"예, 사부님."

화수는 모용설을 이끌고 산을 내려가면서 등짝에 생수통을 짊어진다.

용량은 분명 화수의 것이 더 많지만 모용설의 덩치를 생각하면 이것도 꽤나 무거울 것이다.

하지만 그는 군말 없이 산을 내려간다.

모용설은 화수의 말이라면 죽는 시늉까지 할 정도로 그를 따르고 있었던 것이다.

덕분에 지금 여기까지 올 수 있었다.

물론, 생수를 떠서 내려가는 것은 순전히 화수가 하숙집의 식수를 담당하고 있기 때문이었다.

"설아."

"예, 사부님."

"내일부터는 진검으로 수련할 것이다."

"진검이요?"

"비무는 진검으로 이뤄지지. 그렇기 때문에 잘못하면 사람이 죽는 경우도 있어."

그는 화수의 말이 무슨 뜻인지 알아들은 모양이다.

"저 역시 사람을 죽일 각오로 임해야 한다는 말이군요."

"그래, 검은 언제나 사람을 죽일 수도 있다는 사실을 명심하거라. 사람을 살릴 수 있는 검은 세상에 없어."

화수는 지금까지 수도 없이 많은 사람을 죽여 왔다.

그것이 살아남기 위한 발버둥이었다고 해도 그는 분명 엄청난 숫자의 사람을 죽였다.

처음엔 죄책감이, 그리고 그 후에는 자괴감이 몰려와 잠을 이루지 못한 적이 한 두 번이 아니었다.

분명 그들에게도 가족과 친구들이 있었을 터, 화수는 그들의 미래까지 앗아갔던 것이다.

"검이란, 그 무게만으로 충분히 괴로운 거야. 언젠가는 그 무게를 견디지 않으면 안 될 날이 반드시 올 거다. 그때까지 각오를 다지고 있는 편이 좋아."

진검으로 지금처럼 전력으로 대련을 하자면 보통 정신력으로는 절대 불가능할 것이다.

전력을 다한다는 것은 자신이, 혹은 상대방이 쓰러질 때까지 멈추지 않는 것이기 때문이다.

최소한 진검으로 사람을 벤다는 생각으로 임할 수밖에 없는 것이다.

"좀 더 다부진 사람이 되겠습니다."

화수는 모용설이 다른 사람들처럼 권력, 혹은 돈이 미쳐 검을 배우게 하고 싶진 않았다.

따지고 보면 화수 역시 생존을 위해 검을 잡았지만 결국엔 영지를 먹여 살릴 돈 때문에 검을 휘둘렀다.

모용설은 그런 속물이 되지 않았으면 하는 바람이었다.

*　　　*　　　*

저녁의 하숙집은 꽤나 시끌벅적하다.

수업이 끝난 대학생들과 퇴근한 공무원, 그리고 회사원들까지 죄다 밥상 앞으로 모여들기 때문이다.

"이야, 설이 몸 좀 봐. 요즘 운동 좀 빡세게 하나봐?"

김민희는 띠동갑도 더 되는 모용설의 팔뚝과 어깨를 연신 만지작거리며 웃었다.

그런 그녀를 보며 모영화가 경악에 찬 표정을 짓는다.

"어머나! 아줌마 변태예요?! 왜 남의 동생 몸은 더듬고 그래요?"

"뭐가 어때서? 꼬맹이 몸이 좀 다부져져서 뿌듯함에 그러는 것인데."

"뿌듯한 것치고는 표정이 너무 음흉한 것 아니에요?!"

그녀가 모용화를 보며 너털웃음을 짓는다.

"호호호! 내가 아무리 굶었어도 이런 꼬맹이에게 흑심을 품을 것 같아? 남의 성적 취향을 너무 비하하는 것 아니야?"

"서, 성적 취향이라니요! 밥상머리에서……."

김민희는 장난기 어린 표정으로 화수에게 다가가 앉았다.

"난 그렇게 어린아이들에게 관심 없어. 최소한 나는 지극히 정상적인 사람이거든"

"그럼……."

"이렇게 제대로 익은 것을 좋아하지."

화수가 씁쓸한 웃음을 짓는다.

"사람을 과일에 비유하시는 겁니까?"

"사실이 그런 것을요. 남자는 최소한 20대 중반이 넘어야 비로소 빛을 발하는 법이지."

그녀의 말에 유영화가 격하게 공감한다.

"맞아. 남자는 육체적으로 20대 중반이 가장 이상적인 나이지. 적당히 경험도 있지, 게다가 힘도 쓸 줄 알거든."

"히, 힘을요?"

"무엇보다 지칠 줄 모르는 체력은 그야말로 머신? 뭐 그런 느낌이라고나 할까?"

모용화가 모용설의 귀를 두 손으로 감싼다.

"애 앞에서 못하는 소리가 없어요?!"

그녀들은 어깨를 으쓱해 보인다.

"뭐가 어때서? 설이 정도면 다 큰 것 아니야? 요즘 열다섯, 열여섯이면 알 것 다 아는 나이라고."

"우리 설이는……."

무심코 모용설의 표정을 살핀 모용화의 얼굴이 미묘하게 일그러진다.

모용설이 옅은 미소를 띠고 있었던 것이다.

"뭔가 잊고 계신 모양입니다만, 설이는 고등학교 졸업장까지 있는 녀석입니다. 설마하니 기본도 모른다고 생각한 것은 아니겠죠?"

그제야 모용화가 아차 싶어 모용설에게 물었다.

"아, 알아? 설이 너는 애기가 어떻게 태어나는 줄 알고 있어?"

"구체적으로 말이야? 아니면 이론적인 부분만……."

모용화가 고개를 좌우로 흔든다.

"그, 그만! 그만해!"

급기야 자리를 박차고 일어선 모용화가 식당 문을 열고 밖으로 나선다.

"시, 싫어!"

"누나……!"

그녀를 따라나서는 모용설을 보며 모용화가 진저리를 친다.

"징그러워! 저리 가!"

"누, 누나!"

화수는 그런 그녀를 보며 고개를 가로젓는다.

"브라더콤플렉스도 저 정도면 중증인데 말이죠. 본인은 왜 그것을 모르는지……."

"보아하니 누나가 동생에게 너무 많이 기대고 있는 것 같아요."

"그렇게 보이시나요?"

김영희는 화수의 질문에 고개를 끄덕였다.

"보통 저런 남매는 누나가 동생을 지극정성으로 챙기고 아끼지만, 본질적으로는 누나가 동생에게 경우가 많아요. 왜, 있잖아요. 엄마나 아들에게 기대는 것처럼."

"흐음……. 그러고 보니 그런 것 같기도 하고."

어머니는 아들을 지극정성으로 키우지만 한편으로는 그에게 기대는 심리가 있다.

"제 생각엔 어려서는 아빠, 그리고 다음엔 남편, 그리고 아들에게 기대는 그런 심리가 여자의 본능이 아닐까 싶어요."

"그럼 저런 경우는 뭐라고 설명해야 합니까?"

"간단해요. 아버지에서 동생으로 넘어간 것뿐이죠."

"그럴 수도 있겠군요."

잠시 후, 모용설이 난감한 표정으로 돌아온다.

"사부님, 누나가 방문을 잠가 버렸습니다. 밖으로 나오질 않아요."

유영화가 대수롭지 않게 말했다.

"내버려둬. 여자는 대부분 혼자 생각하고 혼자 지지고 볶다 알아서 풀리니까."

"그, 그런가요?"

"두고 봐. 이따 몇 시간 후엔 또 네 방으로 찾아올 테니까."

도무지 그런 누나가 익숙해지지 않는 모용설이다.

"그나저나 화수 씨는 애인 없어요?"

순간, 모용설을 비롯한 하숙집의 모든 사람들이 그를 쳐다

본다.

"있지요. 대전에 살고 있습니다."

"어머, 정말요?"

화수는 남의 얘기를 상당히 잘 들어주는 편이다.

하지만 정작 자신의 얘기는 잘하지 않는 성격인지라 그에 대해서 자세히 아는 사람은 절친 세진뿐이다.

"아직 결혼을 약속한 것은 아니지만 깊게 사랑하고 있지요."

모용설 역시 화수에게 애인이 있다는 소리는 처음 들어보았다.

"아하……. 사부님께서는 사귀는 분이 계셨었군요."

"네게는 말하지 않았었지. 그럴 필요가 없었으니까."

"그렇군요."

그런 그에게 유영화가 말했다.

"사람은 때론 자신의 얘기도 털어놓으면서 살아야 해요. 안 그러면 나중에 큰 병이 될 수도 있어요."

화수는 그저 작게 웃음을 지을 뿐이었다.

* * *

모용설의 뛰어난 자질, 그리고 순조로운 사업까지.

화수는 요즘 세상이 이렇게 살 만한 곳인지 새삼 느끼고 있었지만 한 가지 문제가 있었다.

그는 최근 꿈에서 깨어나는 순간이 가면 갈수록 두려워지고 있었다.

처음엔 단순한 악몽에서 깨어나는 느낌 정도만으로 생각했지만 시간이 지나면 지날수록 실제로 심장이 멎을 것 같은 느낌이 계속되고 있었던 것이다.

루야나드에서 지구로의 회귀는 어제보다 오늘이 더 힘들다.

꿈에서 깨어나기 전, 화수의 몸이 불덩이처럼 뜨겁게 달아오른다.

"허억, 허억⋯⋯!"

온몸에서는 식은땀이 비 오듯 흐르고 있었고 심장은 점점 더 빨리 뛴다.

그러다 문득, 심장박동이 잦아든다.

"⋯⋯."

숨소리가 멎으면서 몸이 차갑게 식어간다.

일시적으로 심장이 멈추면서 혈류가 정체하면서 몸이 식어버린 것이다.

이대로 몇 초만 더 지난다면 필시 그는 죽음을 면치 못 할 것이 분명하다.

하지만 기적적으로 그의 눈이 번쩍 떠진다.

"허억, 허억⋯⋯!"

몸이 서서히 죽어가는 끔찍한 기억이란 말로 형용하기 힘든 기분이다.

"젠장!"

화수는 사진도 모르게 욕지거리를 내뱉어낸다.

아마 죽지 않고 살아 있다는 것에 대한 안도감이 만들어낸 것이리라.

자리에서 일어선 그는 곧바로 창문을 열었다.

휘이이이잉……!

이제 슬슬 가을이 다가옴에 따라 바람이 제법 쌀쌀해져 있다.

차가운 바람이 화수의 얼굴을 간질이자, 이제야 살아 있다는 것을 절감하게 된다.

하루에도 몇 번씩, 이렇게 죽을 뻔한 고비가 한두 번이 아니었다.

그럼에도 불구하고 이런 느낌이 익숙해지지 않는 것은 화수가 그만큼 생에 대한 애착이 강하기 때문일 것이다.

아제야 겨우 행복해진 화수다.

가진 것이 없던 시절엔 그저 소주 한 병이면 족한 삶, 어쩌면 죽는 것도 그리 나쁘지 만은 않다고 생각했었다.

하지만 지금은 다르다.

지켜야 할 것이 너무나도 많아져서 어느 하나라도 잃어버리고 싶지 않았다.

'난 절대 죽지 않을 것이다……!'

그는 곧장 제자 모용설을 깨우기 위해 움직였다.

＊　　　　＊　　　　＊

모용가의 사업은 날이 가면 갈수록 번창하고 있었지만 가업에 대한 것은 등한시하고 있었다.

그나마 무진그룹이 모용문 총 본부를 없애지 못하고 있는 것은 온전히 화수가 끼어들었기 때문이었다.

이미 두 집안의 비무까지 잡아놓은 마당에 본부를 없앨 명분이 없었던 것이다.

집무실 소파에 몸을 기대고 앉아 있던 모용찬이 묘령의 여인에게 물었다.

"그 강화수라는 자에 대해서 알아보았나?"

"예, 부회장님."

"좀 어떻던가?"

그녀는 말 대신 그에게 보고서를 내밀었다.

"직접 읽어보시는 편이 빠릅니다."

보고서를 건네받은 그가 고개를 갸웃거린다.

"행적이 묘연하군."

"그렇습니다. 그의 행적에는 석연치 않은 부분이 굉장히 많습니다. 이를테면 한밭당 매입이나 부동산 매입 같은 것이지요."

도대체 이 많은 돈이 어디서 나왔는지 자세히 기록된 것이 없었다.

"땅을 파서 장사를 한 것은 아닐 테고, 어딘가에 분명 자금줄이 있겠지."

모용찬은 자신이 회장직을 다시 승계하는 것에 가장 큰 걸림돌이 무엇인지 한 번 곰곰이 생각해 보았다.

그는 바로 화수였고, 자신의 비밀수행원에게 화수의 조사를 맡겼다.

하지만 결과는 이렇게 불투명한 정보들만 건져 올리는 꼴이 되었다.

"조금 더 조사해 볼까요?"

"주변 인물들은 물론이고 그가 매입 한 회사들에 대해서도 자세히 알아오게."

"예, 알겠습니다."

듣기로는 전설로만 전해 내려오던 추검의 상승무공을 모용성하의 후지기수에게서 전수받았다고 했다.

실제로 그 실력은 천하일품이었고, 평생 검을 잡아온 모용찬마저 너무 쉽게 패배하고 말았다.

"도대체 이 작자의 정체가 뭐야?"

알면 알수록 미궁으로 빠져드는 사람이다.

한밭당에 물건을 들여다 놓는 날이다.

위장으로 금을 팔아먹기 위해 새운 금은방이긴 하지만 그래도 명색에 사장이라 적어도 삼 일에 한 번은 내려와서 신경을 써야 한다.

화수는 서울 공방에서 가지고 온 장신구들을 진열한 후, 판매실적을 체크했다.

차트를 바라보는 화수의 표정이 상당히 밝다.

"실적이 왜 이렇게 좋아요?"

"헤헤, 제가 원래 물건 팔아먹는 것은 좀 하거든요."

김주희는 한밭당에 입사하면서부터 지금까지 줄곧 혼자 장사를 해오다시피 했다.

그럼에도 불구하고 그녀는 허투루 가게를 운영한 날이 없었다.

성실함은 주변 상인들까지 엄지손가락을 추켜세울 정도였으며, 손님들에게도 상당히 친절해서 매매가 이뤄지지 않는 날에도 공치사로 찾아오는 사람까지 있었다.

그녀는 한밭당을 마치 자신의 점포라고 생각하며 지금까지 꾸려온 것이었다.

"김주희 씨."

"네."

"지금까지 인센티브로 얼마씩 가져갔었죠?"

"3%정도 되지요."

화수가 그녀의 고용 계약서를 꺼내어 바라보았다.

"흐음……. 너무 적군. 인센티브를 5%까지 올리도록 합시다."

"네?! 5%면……."

"괜찮습니다. 저도 밑지는 장사는 하지 않습니다. 지금 이 실적이라면 5%를 줘도 아깝지 않겠어요."

한밭당의 판매실적이 월 1000만 원만 되어도 그녀가 상여금으로 수령할 수 있는 금액은 50만 원이다.

요즘 평균 판매실적이 3000만 원이 넘는 것을 감안하면 지금 월급의 두 배를 받을 수 있다는 소리다.

"그리고 추가로 직원을 더 뽑도록 하겠습니다. 물론, 아르바이트를 채용해도 상관없고요."

"정말요?!"

"대신 직원 관리는 일부분 주희 씨에게 책임이 따를 겁니다. 그렇기 때문에 면접을 볼 때도 주희 씨의 의견을 가장 많이 고려할 겁니다."

지금까지 화수는 김주희에게 대해 그렇게까지 깊이 생각한 적이 없었다.

하지만 앞으로 한밭당이 나아가는 데 있어 김주희와 같은 인재가 많이 필요하다는 것을 절감한 것이다.

"지금 당장 인터넷과 신문에 광고를 올릴 테니 두 명의 직원을 더 고용하는 것으로 합시다."

"네, 사장님!"

화수가 손목에 채워진 시계를 바라본다.

"벌써 시간이 이렇게 되었군. 점심시간에는 어떻게 식사를 하는 편이죠?"

"보통은 창고에서 먹지요."

"배달시켜 혼자서 밥을 먹는다?"

"네. 밥 먹다 손님이 찾아와서 가게와 식당을 왔다 갔다 하는 것보다는 나으니까요."

"흐음…… 그래요?"

혼자서 일하는 것이 생각보다 힘들다는 것을 새삼 이해하게 되는 화수다.

"오늘부터 사람을 구할 때까지 오후 한시부터 두시 30분까지 가게를 잠정적으로 닫는 것으로 하겠습니다."

"그렇게 되면 손님들이 찾아왔다 발길을 돌리는 일이 발생할 수도 있을 텐데요?"

"어디까지나 잠정적인 것입니다. 직원이 구해지고 제가 중국에서의 일을 마무리 지으면 그때 정상 가동시키는 것으로 합시다."

하루에 한 번, 정산 때만 잠깐 얼굴을 비추곤 했던 화수는 생각을 고쳐먹었다.

인도와의 교역사업도 중요하지만 그가 벌여놓은 일거리가 점점 늘어남에 따라 책임감에 대한 무게도 늘어나고 있었던 것이다.

"오늘 메뉴는 정했습니까?"

"아니요, 아직요."

"그럼 오늘 점심은 같이 먹읍시다. 시내에 패밀리 레스토랑이 생겼던데, 그리로 가시죠."

"러버쿠킹이요? 점심으로 러버쿠킹을 가자고요?"

"그럼 안 됩니까?"

러버쿠킹은 주로 연인들이 데이트코스로 많이 찾는 곳이다.

"안 될 것은 없지만……."

"부담스러우면 안 가도 됩니다."

"아니요! 그런 것은 아니고……."

"그럼 갑시다."

두 사람은 가까운 거리에 있는 러버쿠킹까지 걸어서 이동하기로 했다.

*   *   *

김주희와 점심을 먹고 난 후, 화수는 곧장 신탄진으로 향했다.

며칠 전, 구인광고를 보고 젊은 청년 네 명이 찾아왔던 것이다.

면접은 전 공장장들과 함께 보았고, 그들은 친절하게 기술까지 전수해 주었다.

이젠 그들이 만드는 물건들을 납품하고 원자재를 조달하는 역할을 해야 했다.

화수는 오후 중에 잠시 시간을 빼서 그들을 불러 모았다.

"지금 하시는 일들은 어떻습니까? 할 만합니까?"

"일이 다 그렇죠. 세상에 쉬운 일이 어디 있습니까? 다만 목표 물량을 채우기 위해 열심히 할 뿐이죠."

화수는 이들에게 작업의 능률을 높여주기 위해 몇 가지 목표를 세워주었다.

공장 목표수량을 채워야 만근수당을 수령할 수 있게 한 것이다.

짝수 달에는 만근수당으로 100만 원을 지급하기로 한 이후에는 이렇게 목표 물량을 채우기 위해 열심이다.

"지금까진 그럭저럭 공장을 운영해 왔습니다만, 이제부터는 물량이 늘어날 수도 있습니다. 고로, 각자 파트별로 담당해야 할 일이 늘어난다는 것이죠."

"지금 공장 일로도 벅찰 지경인데 또 무슨 일을 시킨다는 겁니까?"

화수가 고개를 젓는다.

"직원을 좀 더 채용할 겁니다. 그리고 2인이나 3인 1조로 일을 분담해서 하면 되지 않겠습니까? 어차피 생산은 다 같이 하는 것이고 원자재 입고나 완성품 출고와 같이 세부적인 일은 조를 나누어 담당하자는 겁니다."

생산라인을 조금 더 보강하고 세부적인 업무는 조금 더 조직적으로 나누어 실행하자는 것이 화수의 생각이었다.

"흐음……. 그것도 나쁘지는 않은 것 같은데?"

"게다가 경리과 아가씨도 두 명 뽑을 겁니다."

아가씨라는 말에 청년들이 쌍수를 들고 반긴다.

"정말입니까?!"

"공장 경리업무에 남자가 들어앉는 경우는 거의 없지 않습니까? 급여도 생산직보다 훨씬 적은데 말입니다."

이 새까만 청년들 사이에 아가씨들이 끼면 어떤 그림일지 생각만 해도 웃음이 나온다.

"아무튼 내일부터 새로 면접을 보러 많이 올 것이니 공장을 깨끗하게 정돈하면서 일해 주셨으면 합니다."

"물론이지요!"

아주 오랜만에 공장에 활기가 도는 것 같다.

*   *   *

부동산 사업이 꽤나 번창해 이제는 화수가 가지고 있는 건물이 20개가 넘어갈 정도였다.

하지만 가지고 있는 건물이 많다고 임대가 100%다 되는 것은 아니었다.

입지는 좋은데 경기가 안 좋아서 상가와 같은 경우는 임대가 잘되지 않는 경우가 많았다.

화수는 이렇게 된 김에 아예 사업을 확장해 보기로 한다.

주변의 상권을 분석해 가장 효율적인 업종을 물색하여 운영하기로 했던 것이다.

각종 사업에 손을 대면서 생긴 인맥들은 이럴 때 아주 큰 도움을 준다.

편의점이나 PC방, 카페와 같이 흔하지만 관리가 쉬운 것들로만 채워 나갔다.

동구에 편의점 두 개, PC 하나, 그리고 유성과 서구에 카페를 각각 두 개씩 차렸다.

요즘은 프랜차이즈 시스템이 잘되어 있어 점포를 관리할 직원만 구하면 충분히 임대수익보다 나은 이익창출이 가능했다.

화수는 각 점포에 월급에 인센티브를 따로 받는 매니저를 각각 배치했다.

서구 둔산동의 카페를 찾은 화수는 첫 오픈보다 손님이 부쩍 많아진 것을 알 수 있었다.

"매출이 꽤나 늘었는걸요?"

"자리가 좋으니까요. 손님들이 아침저녁으로 자주 찾습니다."

화수는 카페의 매니저 한상문의 얼굴을 바라본다.

준수한 외모에 친절한 미소까지, 매니저로서는 최상의 조건을 갖춘 사람이다.

아마 손님이 늘어난 것은 한상문이 저녁까지 상주하기 때문일 것이다.

"일하는 데 불편한 점은 없습니까?"

"아르바이트생들이 금방금방 바뀌는 것이 문제입니다. 워낙에 바쁜 곳이다 보니 며칠 못 버티고 그만두는 경우가 많아요."

"그럼 시급을 올리면 되지 않겠습니까?"

"현재 지급도 꽤 높은 편인데요?"

"괜찮습니다. 한 사람에게 시급 500원 더 준다고 가게가 망하지는 않습니다."

화수가 이렇게 많은 점포를 관리할 수 있는 것은 절대로 돈을 아끼지 않기 때문이다.

직원에게 들어가는 돈을 아끼면 직원의 불만은 점점 더 쌓여만 간다.

그렇기 때문에 애초에 대우를 잘해 주어 불만이 쌓일 틈을 주지 않는 것이다.

"현재 지급이 5000원이죠? 5500원으로 인상합시다."

"알겠습니다. 대신 수습기간은 제가 정하는 것으로 해주시죠."

"물론입니다. 그건 매니저 재량이지 제 재량은 아니죠."

그리고 또 하나, 점포의 전반적인 부분이 매니저의 손을 타게끔 만드는 것이다.

사장은 그저 정산하고 물건을 넣어주는, 그리고 가끔은 일을 도와주는 사람일 뿐이다.

나머지 인사나 가게의 정책적인 부분은 대부분 매니저가 정하도록 했다.

대신 매출에 대한 책임은 매니저가 지는 것이고, 만약 매출이 늘면 월급도 같이 늘어난다.

"그 밖에 불편한 사항은요?"

"아직은 없습니다."

자리에서 일어선 화수가 그에게 봉투를 하나 건넸다.

"가끔은 아르바이트생들과 회식도 좀 하고 그러십시오."

"회식이요?"

"다 같은 성인인데 술도 한잔할 수 있는 것 아닙니까? 파트별로 모아 회식을 진행하십시오."

"감사합니다."

화수는 사업은 곧 사람 관리라는 것을 루야나드에서 뼈저리게 느낀 것이다.

*　　　*　　　*

한성플라스틱이 재가동되고 난 후에 이곳도 매출이 무려 두 배나 늘었다.

거래처에서 다시 물량을 늘려달라는 요청이 들어오고 있는 데다 영지의 병사수가 늘어나 장구류가 부족했기 때문이었다.

생산라인이 30분 쉬는 시간, 공장장이 화수에게 푸념을 늘어놓는다.

"요즘 부쩍 일이 바빠진 것에 비해 사람이 너무 부족합니다. 몸이 힘든 것은 괜찮은데 불량의 비율이 높아져서 클레임이 많이 들어오는 것이 문제입니다."

"그럼 직원을 더 뽑으시면 되지요."

"그것도 그렇게 쉬운 일은 아닙니다. 강화플라스틱 생산의 경우엔 기술을 요하는 부분이 많거든요. 기술자를 채용하는 일은 생각처럼 간단하지 않아요."

"흐음……. 그럼 제가 어떻게 해드렸으면 좋겠습니까?"

"기술자를 찾을 때까지 아예 클레임을 담당하는 직원들을 채용하시는 것이 어떨까 합니다."

"고객센터 비슷한 것이군요."

"그렇지요."

화수가 흔쾌히 고개를 끄덕인다.

"그 정도야 못하겠습니까? 그것 말고 또 필요한 것은 없습니까?"

"공장에서 일하는 사람들에게 불량품 말고 다른 문제가 있겠습니까? 식당 밥맛도 예전보다 좋아졌고 간식거리와 음료수도 매일 빵빵하게 나오는데 무슨 문제가 있겠습니까?"

공장일이 힘든 만큼 화수는 먹는 것에 가장 신경을 쓰는 편이었다.

화수 역시 고된 일을 해본 사람으로서 육체적인 노동은 먹는 것에 민감하다는 사실을 너무나 잘 알고 있었던 것이다.

"회식은 자주하시죠?"

"그럼요. 주말이면 다들 한 잔씩 하고 집으로 돌려 보냅니다."

"항상 공장장님이 고생이십니다."

"그런 소리 마십시오. 실업자 될 뻔한 사람 살려주신 분이 누구신데요?"

공장 내에서 화수는 상당히 평판이 좋은 편이었다.

그가 아니었다면 다들 실직자 신세를 면하기 힘들었을 것이라며 칭송이 자자했다.

세상 어디를 가던 위험에서 사람을 구해주면 그 은혜를 잊지 않는 법이다.

덕분에 화수는 경영하는 데 직원들과 마찰을 빚지 않아서 좋았다.

"나중에 불편한 점이 생긴다면 가감 없이 얘기해 주십시오."

"알겠습니다."

노사관계가 탄탄해진다는 것, 회사가 도약할 수 있는 발판이 되는 것이다.

THE LORD OF FANTASY

3장

준비

　대전에서 강원도 삼척까지 차를 타고 이동하자면 총 세 가지 길이 있다.

　그중에서 화수는 강원도 원주를 경유해 태백산맥을 넘는 길을 자주 이용한다.

　원주에서 삼척으로 넘어가는 길은 운전자를 신나게 할 만큼 수려한 경관을 자랑하는데, 특히나 가을이면 단풍이 절정에 이른다.

　"엄청나군요. 이런 장관이 다 있었다니."

　한국 특유의 색채는 중국인 모용진에게는 다소 낯설고도 진귀한 광경일 것이다.

태백산맥이 자아내는 단풍들의 운집은 매번 이곳을 지나는 화수에게도 감동이다.

"제가 산을 좋아하는 가장 큰 이유지요. 한국의 산은 매번 그 색깔을 바꾸니까 감동도 네 배입니다."

"어쩐지 중국의 산맥과는 다른 느낌입니다."

원주의 한 리조트 휴게소에서 접선을 갖기로 한 두 사람은 30분의 여유를 이렇게 풍경을 감상하는 데 쓰고 있다.

"설이는 어떻게 지내고 있습니까?"

"일취월장입니다."

"그렇습니까?"

"어째서 지금까지 설이가 저렇게 무술과 담을 쌓고 살았는지 이해가 가지 않을 지경입니다."

모용진은 쓴웃음을 지었다.

"이것이 다 제 처남 때문입니다."

"처남?"

"아시겠지만 남궁가는 예로부터 검술로는 중국 최고로 손꼽히던 집안입니다. 우리 모용가의 검술만큼이나 유서 깊은 남궁가는 검을 무척이나 사랑했지요."

하늘을 올려다보는 모용진의 눈가에 회한이 서리는 것 같다.

"한 10년쯤 되었나? 남궁가의 차기 당주인 남궁성문이라는 사람이 있었습니다. 그는 검술은 물론이고 두뇌가 명석하기로 타의 추종을 불허할 정도의 인물이었지요."

"남궁가라면……."

"맞습니다. 제 처가지요."

해상교역으로 무려 1천 년이나 영유해 온 남궁세가는 아직
도 중국 해상교역의 큰손으로 자리 잡고 있다.

"남궁성문은 제 손위 처남인데, 집안에 딱 두 명밖에 없는
남자였지요. 이상하게도 50년 전부터 남궁세가에는 남자가
귀했습니다. 그래서 경영권이 위태로울 뻔한 적이 한두 번이
아니지요."

"그것 참 문제겠군요."

"아직도 남궁세가는 남자가 귀해서 데릴사위를 들이는 경
우가 허다합니다. 그래서 경영권 분쟁이 가속화되고 있지요.
현 당주인 남궁성주는 수완은 좋은데 야망이 없습니다. 그리
고 이해득실을 잘못 따지는 경향이 있지요."

모용진은 핸드폰에서 처가의 가족사진을 불러내 보여주었
다.

"가운데 있는 사람이 장인이시고 그 옆으로 선 사내 두 명
이 제 처남입니다."

남궁설예와는 상당히 흡사하게 생겼음에도 여성스러운 면
을 찾아볼 수 없는 미남들이었다.

"제 손위처남인 남궁성문은 검술이라면 자다가도 벌떡 일
어날 정도로 무예를 사랑하던 사람이었지요. 그런데 그 사랑

이 지나친 나머지 무극의 오의를 찾아 나서겠다며 그룹을 버리고 사라졌지요."

"회장이라는 사람이 그룹을 버리고 도망가는 경우도 있습니까?"

"남궁가의 전통이랍니다. 가주를 제외한 남자들은 대부분 유희하듯 인생을 즐기는데, 제 처남도 그 유혹을 뿌리칠 수 없었던 거지요."

다소 황당한 얘기였다.

"그래서 제 처가가 발칵 뒤집어졌습니다. 회장이 하루아침에 증발하는 바람에 경영권 방어는 물론이고 회사 결속에까지 문제가 생겼지요. 아마 그때 우리 모용가가 처가를 도와주지 않았다면 남성그룹은 지금쯤 몇 개로 찢어졌을 겁니다."

"그래서……."

"그나마 남은 손아래 처남은 회장의 자리에 앉기엔 너무 줏대가 없었습니다. 그마나 지금까지 도망 안 가고 회장 자리에 남아 있는 것이 용할 따름이지요."

"정말이지 권력에는 전혀 미련이 없는 사람들인 모양입니다."

"남궁세가의 남자들은 집안을 사랑하지만 권력에는 전혀 욕심이 없습니다. 덕분에 엉뚱한 집안에서 가주 노릇을 하며 부조리를 저지르고 다니지요."

"거 참 황당한 일이군요."

"덕분에 제가 얼마나 고생을 했는지, 당시 장인어른께서는 저에게 고개까지 숙이셨지요."

모용진이 그때를 회상하며 고개를 가로저었다.

"다시 그런 일이 발생하면 아마 저는 감당할 수 없을 지도 모릅니다."

화수는 어째서 남궁설예가 모용설에게 검술을 가르치지 않았는지 이해할 수 있었다.

"반은 남궁가의 피가 흐르고 있기에 검술과는 담을 쌓을 수밖에 없었군요."

"처가는 여차하면 언젠가 설이를 데리고 가서 처남의 양자로 입적시킬 생각까지 하고 있습니다. 그런 가운데 두 가문의 검술을 익히게 한다면……."

"도망을 갈 수도 있다고 생각한 것이군요."

"실제로 다 큰 어른도 도망갔는데 어린아이라고 그러지 말라는 법도 없으니까요."

지금까지 화수는 어째서 그렇게 남궁세가에서 검술을 싫어하는지 그 이유를 전혀 알 수가 없었다.

이런 가문비사가 있다는 것은 일원이 아니면 전혀 알 수가 없기 때문이다.

"남궁세가에서 모용문을 없애려는 것도 무리는 아닙니다. 자칫 잘못해서 설이가 없어지고 제가 늙어 죽어버리면 둘 사이의 유대관계가 끊어지는 것이니까요."

듣기엔 황당해 보여도 모용진의 고민은 심각한 것이었다.

"사실, 제 입장에서 아들을 처가에 주는 것이 아까운 것은 아닙니다. 그런다고 천륜이 끊어지는 것도 아니고 우리 가문의 후계는 조카가 이어도 상관없습니다. 능력만 충분하다면 말이죠."

"하지만 그랬다간 가업이 없어지는 사태가 벌어지고 말겠군요."

"그렇습니다. 아마 종친들은 모용문이 아무짝에도 쓸모없다며 없애자고 입을 모으겠지요. 그렇게 되면 모용문은 살아남을 수가 없습니다."

모용진은 어린 시절, 삼대가 함께 찍은 사진을 꺼내었다.

"할아버지와 아버지는 제게 모용가의 영혼은 모용문에 있다고 강조하셨습니다. 그분들은 또한 그룹이 어려운 시기에 모용문에서 그 길을 찾았다고 했습니다. 저 역시 지금 그렇게 하고 있지요."

모용진에게 도장은 그야말로 심장이나 다름없는 존재인 것이다.

"이번 경합에서 설이가 무조건 이겨야 합니다. 물론, 이 사실을 처가에서 알면 노발대발하겠지요. 제가 그 집안 사정을 모르는 것도 아니고 말이죠."

"그 비난은 회장님께 맡겨두겠습니다."

"제 얼굴에 침을 뱉으라고 하십시오. 그렇다고 가업을 포기할 수는 없으니."

모용진의 의지가 정말 대단하다.

"아무튼 한국에 도장을 차린 것은 참으로 잘된 일입니다. 사장님께는 참으로 깊이 감사드리고 있습니다."

"아닙니다. 저 또한 모용설이라는 천재를 만난 것을 천운으로 생각하고 있습니다. 앞으로 설이가 어떻게 성장할지 참으로 궁금하기도 하고 말이죠."

두 사람이 서로 깊게 고개를 숙인다.

"일이 정리되면 중국에서 뵙겠습니다."

"그러시죠."

이윽고 모용진이 타고 온 헬리콥터에 시동이 걸린다.

파다다다다다……!

바람을 등진 모용진이 끝까지 화수에게 고개를 숙인다.

어쩌면 남궁세가에서 모용진을 의지하는 것은 그의 성품 때문이 아닐까 하는 생각이 든다.

*   *   *

정윤희는 아침밥을 먹는 화수와 모용설을 보며 연신 고개를 갸웃거린다.

"두 사람이 사제지간이라고 했던가요?"

"네, 그렇습니다."

"그런데 말이죠, 형제나 숙질간으로 보이는 것은 왜일까요?"

모용설은 언뜻 보면 외탁을 한 것 같지만 그것은 외모만 보았을 때 얘기였다.

몸이 다부져지면서 그는 점점 모용가의 전형적인 체형으로 변해 가고 있었던 것이다.

그리고 이젠 그의 얼굴에서 서서히 모용성하의 모습도 보인다.

성형수술을 하고 나서의 모습이 모용성하와 상당히 닮아 있던 화수이기에 모용설과도 아주 비슷하게 생겼다고 할 수 있다.

"깊게 따지고 보면 친척이라고 할 수도 있습니다."

"그건 또 무슨 소리인가요?"

"가문비사라서 제가 뭐가 드릴 말씀은 없습니다만, 하여간 그런 사정이 좀 있습니다."

모용화는 화수와 모용설이 닮았다는 것이 상당히 불쾌함을 느낀 모양이다.

"도대체 어디가 닮았다는 것인지 모르겠네. 봐요, 우리 설이는 이렇게 잘생겼는데 이 사람은 완전히 오징어처럼 생겼잖아요."

그녀의 말도 안 되는 비유에 화수의 얼굴이 미묘하게 일그러진다.

"…너무 솔직한 것도 병입니다."

"흥! 사실이 그런 것을 그럼 뭐라고 해야 하나요?"

모용화가 모용설을 격하게 아끼는 것을 너무나도 잘 알고 있기에, 화수는 그저 한숨으로 화를 삭인다.

그런 화수를 가만히 바라보고 있던 김민희가 불쑥 그의 곁으로 다가갔다.

"저기, 화수 씨."

"예."

"오늘 저녁에 뭐해요?"

곰곰이 스케줄을 곱씹어 보던 화수가 대수롭지 않게 답한다.

"자야지요."

"그냥 잠이나 잘 거예요?"

"딱히 일정이 없으니까요."

"그럼 저녁에 나랑 밥이나 먹을래요?"

순간, 모용화의 얼굴이 보기 좋게 일그러진다.

"바, 밥은 무슨……! 밥은 하숙집에서 먹어야지. 안 그래, 설아?!"

모용설이 고개를 가로젓는다.

"그럴 필요가 있나? 어차피 해가 지면 훈련도 못하고 딱히 할 것도 없는데."

화수 역시 그의 말에 공감한다는 듯 고개를 끄덕인다.

"하긴, 그건 그렇군."

김민희는 재빨리 화수의 스케줄을 통째로 전세 놓는다.

"그럼 저녁부터 밤까지 나와 같이 보내는 거예요."

"뭐, 그러시죠. 별일도 없는데."

"좋아요. 그런 자세 좋아요."

어쩐지 그런 두 사람을 바라보는 모용화가 안절부절못한다.

"자, 잠깐! 저녁에 할 일이 있었던 것 같은데?"

모용설이 고개를 젓는다.

"그런 것 없어. 걱정하지 마."

"아, 아니야! 분명히……."

"사부님이 안 게신 내가 하면 되지. 뭔데?"

"그건……."

화수는 그런 그녀를 바라보며 연신 고개를 갸웃거린다.

"어디 아픕니까?"

"아프긴 무슨……!"

"그렇습니까?"

대수롭지 않은 화수와 달리 모용화는 그다지 기분이 좋지 않은 모양이었다.

*   *   *

한성플라스틱에서 공수한 장비들은 칼리어스 본성으로 보내져 후방부대에 보급되었다.

아론이 에리시아까지 당도하는 동안 그는 아공간 주머니에 장비를 가득 실어 텔레포트 마법진으로 물자를 보급했던 것이다.

그중에서도 해병대의 보급품은 특별히 특수제작된 것으로, 극한의 상황에서도 살아남을 수 있는 장비들이었다.

"지금 보는 이것들이 바로 해병대가 입을 군복과 방어구다."

방어구와 군복은 양면으로 되어 있었는데, 한쪽은 국방색 얼룩무늬였고 한쪽은 흰색 설상 위장이었다.

"칼리어스 중앙부와 대륙 남부는 대부분 산악지형이나 개활지다. 그러므로 위장이 필수, 고로 장비들 모두가 위장이 가능하도록 설계되었다."

검과 화살까지 모두 도색하여 가만히 있으면 인간의 시야에서는 찾아낼 수가 없을 듯하다.

"그리고 이것은 잠수장비라고 불리는 장비들이다. 영주님께서 고안하신 물건으로, 물속에서 약 네 시간 정도를 버틸 수 있다. 네 시간이 지나면 산소통을 교체하여 다시 잠수한다. 오늘부터 한 달, 너희는 장비에 익숙해지도록 훈련한 후, 적의 후방으로 실전 투입된다."

교관인 엘리오스가 500명의 해병대원에게 가위와 종이봉투를 건넸다.

"너희의 머리카락을 잘라 그 안에 집어넣어라. 그리고 봉투 안에 들어 있는 종이와 연필로 유서를 작성해 함께 집어넣어라. 너희가 전사하면 고향에 있는 부모님께 전달될 것이다."

얼마나 위험한 작전이기에 유서까지 쓰라는 것인지, 병사들은 고개를 갸웃거린다.

하지만 이미 해병대에 입대하는 순간부터 그들은 살아남지 못할 것임을 직감하고 있었다.

그렇기에 지금 죽는다고 해도 여한은 없다.

문득 한 병사가 손을 번쩍 들었다.

"제가 죽어도 이름은 남는 겁니까?"

엘리오스가 고개를 끄덕인다.

"당연하다. 너희는 죽는 즉시 칼리어스의 공립묘지에 묻힐 것이며, 개국공신의 이름으로 대대손손 길이 남을 것이다."

명예, 그들이 특수부대를 선택한 것은 오로지 명예와 자부심 때문이었다.

해병대 전원은 길게 자란 자신의 머리를 잘라 바닥에 쌓여 있는 눈에 비벼 깨끗하게 만들었다.

행여나 부모님이 자신의 마지막 모습을 볼 수도 있다는 생각에 미리 머리를 감으려는 것이었다.

이윽고 유서를 모두 거두어들인 엘리오스는 곧바로 훈련

을 시작한다.

"어차피 장비에 익숙해지지 못하면 죽는다. 죽는다는 각오로 훈련에 임하라!"

"예!"

유서는 특수부대에게 특별한 힘을 가져다 줄 것이다.

*　　　*　　　*

무려 8만에 이르는 병력이 칼리어스 본성에서 각 영지로 흩어지는 동안 아론의 중앙군 3만이 에리시아로 향하고 있었다.

아르마니 후작과 함께 국경지대 인접에 동참한 참모진이 이해할 수 없다는 듯이 물었다.

"도대체 저 3만의 병사로 뭘 어쩌겠다는 것인지 모르겠군요."

아직 아론의 전투를 직접 지켜본 적이 없는 참모진들에게 아르마니가 버럭 소리를 지른다.

"그대들은 전하의 안목이 틀렸다고 말하고 싶은 것인가?!"

"그건 아닙니다만, 전투의 기본은 병력의 숫자가 아닙니까?"

아르마니는 고개를 가로저었다.

"그래서 자네들이 우물 안 개구리 소리를 듣는 거야."

몇몇 참모의 눈썹이 꿈틀거렸지만 아르마니에게 정면으로 반박하는 자는 아무도 없었다.

제국 최고의 두뇌인 칼번이 인정한 아르마니 후작이 아니던가?

설전으로 그에게서 승리를 쟁취하자면 적어도 카미엘 정도의 언변이 아니라면 일찌감치 포기하는 편이 낫다.

그것이 목숨을 조금이라도 오래 보전하는 방법인 것이다.

잠시 후, 아론의 군대가 에리시아 령 첫 번째 영지에 도달했다.

험준한 산맥 한가운데 위치한 칼루마니다.

"칼루마니를 고작 병력 3만으로 넘는다는 것은……."

"가능하다. 억울하지만 아론이라면 가능하다."

전장의 후방에서 아론 진영을 바라보는 아르마니의 눈매에서 뜻 모를 반짝임이 느껴지는 듯하다.

전선의 최전방, 아론이 군사들을 멈추어 세운다.

"전군, 포격 대형으로!"

쿵, 쿵, 쿵!

"포격? 포격이 도대체 뭐하는 겁니까?"

"보면 안다."

아르마니는 딱 한 번 아론의 전투를 직접 두 눈으로 본 적이 있었다.

그때의 전율이란 이루 말로 설명하기가 어려울 정도였다.

'만약 그가 제국군이었다면…….'

아론은 지금쯤 공작이나 대공의 칭호를 하사받아도 모자랄 정도로 성장했을 것이다.

어떻게 보면 참으로 안타까운 인재가 아닐 수 없다.

잠시 후, 아론의 진영에서 무차별적인 포격이 시작되었다.

"박격포, 준비!"

철컥!

"발사!"

콰앙!

마법탄이 날아가 성벽을 두드리자, 순식간에 주변이 불바다로 변해 버린다.

그 뒤로 투석기와 발리스타가 뒤따라 성벽을 마구 때려댄다.

콰콰쾅!

"저, 저건……."

"마법이 아니다. 그는 우리가 갖지 못한 신기술을 가졌어. 그는 저것을 보고 과학이라고 하더군."

아론의 전술은 대륙 전역 어느 문헌을 뒤져 봐도 찾아볼 수 없을 정도로 획기적인 것이었다.

참모진들이 그의 전투방식을 보고 충격에 빠지는 것도 무리는 아니었다.

"보았는가? 저것이 바로 칼리어스가 가진 저력이다."

강력한 마법사단을 가진 루멘트 역시 칼리어스를 함부로 대하지 못하는 핵심전력인 포병이 있기에 오늘도 칼리어스는 손쉽게 승리를 쟁취한다.

"오늘은… 귀신을 본 것 같습니다."

아르마니는 참모진의 반응에 비웃음으로 답한다.

"설마하니 이게 끝이라고 생각한 것인가?"

"그럼……."

"우리가 금화 1만 골드를 더 지불하면 저들이 해군을 움직여 줄 용의도 있다고 하더군."

"1만 골드!"

"저들의 해군이 과연 그만한 가치를 가지고 있습니까?"

"함대 하나로 동부 연안을 모두 차지한 칼리어스다. 우리의 함대는 저들의 군사들을 한 명도 죽이지 못하고 괴멸했어. 인정하기 싫어도 받아들일 것은 받아들여야 생존할 수 있는 시대다. 명심하도록."

아르마니는 정치적 입지로 따지면 급진파에 속하는 사람이다.

그렇기 때문에 대부분이 온건파인 정치판에서 비교적 아주 작은 입지를 가지고 있었던 것이다.

그런 아르마니의 눈에 아론은 그야말로 모든 면에 완벽한 신에 가까운 사람이었다.

"아깝군, 아까워……."

전투 한 시간 만에 성을 취한 아론은 당당히 에리시아 령 최고의 요새로 입성했다.

아르마니와 그의 수하들은 오늘 그의 객식구로서 뒤를 따를 뿐이었다.

*　　　　*　　　　*

에리시아로 회군한 시리스의 군대가 연합군과의 전투에서 승리를 거두었다.

압도적인 병력차는 물론이요, 성벽과 성벽 밖의 지상군이 합공을 펼치는 바람에 연합군은 그날 모든 병력이 몰살당했다.

급조하긴 했지만 에리시아에서 만든 옥좌에 앉은 시리스의 얼굴이 와락 일그러진다.

"지금 뭐라고 했는가? 누가 어디를 함락시켜?"

"칼리어스 군에서 칼루마니를 함락시켰다고 하옵니다. 첩보에 따르면 전장에 아르마니 후작이 함께 있었다고 하옵니다."

쾅!

"카미엘!"

시리스는 카미엘이 아론을 이용할 것이라는 생각은 전혀 하지 못하고 있었다.

최소한 제국의 그늘 아래에 있는 카미엘의 자존심은 하늘을 찌른다고 여기고 있었기 때문이다.

　하지만 카미엘 역시 아론과 마찬가지로 실리를 따질 줄 아는 현실론자였던 것이다.

　"지금 연합군의 위치는?"

　"아르웬에서 불과 이틀거리에 당도했다고 하옵니다."

　"생각보다 진군이 빠르군."

　"루멘트의 카미엘이 현재 유격전을 펼치며 저항하고는 있으나 연합군은 역으로 항로를 이용해 상륙작전을 펼쳤다고 하옵니다. 지금쯤이면 함대사령부가 함락되었을 것이옵니다."

　"순발력이 좋군. 우리가 군사를 일으키자마자 곧바로 전략을 수정하다니 말이야."

　"연합군 수장이 아이엔 왕국 사령관이라고 하옵니다."

　시리스가 낮게 신음한다.

　"역시……."

　"어찌하오리까?"

　"일단 양쪽 진영의 동태를 살피며 이대로 대기한다. 그러면서 지금까지 점령한 영지들의 결속을 다지고 제도를 개편하는데 힘을 쓰기로 하지."

　"예, 폐하!"

　주변에서 시리스를 인정하는 제후는 아무도 없다.

하지만 그는 여전히 자신을 황제라 칭하고 있었으며, 그의 신하들 역시 같은 입장이었다.

*　　*　　*

대륙은 칼리어스 군에 대한 평가를 이렇게 내리고 있었다.

'진격임을 알고도 막을 수 없는 군대.'

한마디로 방어전이 무의미한 전투를 하는 막강의 군대라는 뜻이었다.

이대로 아론이 개국을 선언하면 주변 국가들은 초 비상사태로 돌입할 수밖에 없는 입장이었다.

칼리어스의 전력이라면 제국을 압도하고도 남을 정도였기 때문이다.

다만 아론과 그의 신하들이 제국주의자가 아니라는 사실에 조금은 안도할 뿐이었다.

아이엔 왕국 왕녀 실비아는 칼리어스 본성으로 다시 한 번 방문했다.

하지만 이번에는 사절단의 자격이 아니었다.

무려 100명의 시녀와 함께 왕녀궁을 통째로 옮기는 대담함을 보였다.

그녀가 이번에 칼리어스로 향하는 목적은 다름 아닌 국혼을 성사시키고 아예 칼리어스에 신방을 차리려는 의도였다.

보고서를 받은 아론은 난감한 표정이었다.

"이렇게나 적극적이라니, 내가 뭘 어찌해야 할지 모르겠군."

가신들은 연합군의 맹주인 아이엔 왕국과 국혼으로 엮이는 것에 찬성하는 눈치였다.

"아이엔 왕국은 우리가 동맹관계로 끌고 가도 전혀 문제가 없는 곳입니다. 만약 주군께서 아이엔 왕국을 병탄하실 것이 아니라면 국혼을 맺는 것이 마땅하다고 여겨집니다."

"그런가?"

"물론입니다. 우리의 전력이 대륙 최강이라고는 해도 민심이란 전투력에 비례하지 않습니다. 가끔은 그에 반비례하는 경우도 있지요. 제국의 경우가 그렇지 않습니까?"

아론이 고개를 끄덕인다.

"그대의 말이 옳은 것 같군."

"다만 크리스틴 공녀를 보고 실비아 왕녀가 무슨 생각을 할지 의문입니다."

아론 역시 그 말에 절감한다.

"그러게 말이야. 적군의 장녀를 내가 데리고 있는 꼴이니, 이건 뭐……."

크리스틴의 존재에 대해 아론까지 부정적이지만 그렇지 않은 가신도 있다.

"아니지요. 이걸 좋은 기회로 삼을 수도 있지 않겠습니까?"

"크리스틴이 기회라?"

"생각해 보면 적군의 딸을 아직까지 살려둔다는 것은 엄청난 아량이 아니겠습니까? 민심을 얻는데 아량이 넓은 군주보다 좋은 것이 또 어디 있겠습니까?"

"흐음……. 그런 측면에서 본다면 그대의 말도 일리가 있지."

"고로, 아직은 그녀를 버릴 때가 아니라고 생각합니다. 지금 우리 군이 에리시아 령을 다소 흔들어 놓은 이유도 있겠습니다만, 그들이 봉기를 일으키면 머리가 아플 테니 말입니다."

신하들의 말에 전혀 틀림이 없으니 아론은 한결 편안하게 진군을 할 수 있게 되었다.

"좋네, 그럼 실비아 왕녀와 국혼을 긍정적인 쪽으로 밀어붙이는 한편 크리스틴에게는 아량을 베풀도록 하자고."

"그럼 벨리안 경에게는 그렇게 전하겠습니다."

"그래주게."

에리시아 본성과 불과 나흘 거리, 아론은 연합군의 전령과 마주한다.

"영주님, 아이엔 왕국에서 전령이 도착했습니다."

"아이엔에서?"

아론의 앞으로 달려와 부복한 전령은 가슴에 백기를 꽂고 있었다.

"영주님을 뵙습니다."

"그래, 아이엔에서 여기까진 어인 일인가?"

그는 아론에게 아이엔 왕가의 인장이 찍힌 친서를 건네받았다.

"폐하께서 영주님께 보내신 서찰입니다."

"직접 나에게 보내신 것이란 말인가?"

"이 먼 거리를 직접 왕래하실 수는 없으니, 문서로나마 왕래하시기를 소원하셨습니다."

아론은 더 지체할 것도 없이 친서를 펼쳤다.

정갈한 필체, 이것은 분명히 아이엔 국왕 페이든의 글씨체였다.

그런데 마지막에 찍혀 있는 인장은 하나가 아니었다.

'제피로스 공?!'

어째서 제피로스가 페이든과 친분을 유지하며 지내고 있단 말인가?

아론은 순간, 머리가 복잡해지기 시작한다.

"내가 이번 전투가 끝나면 곧장 찾아뵙겠노라 전하게."

"예, 영주님."

아론은 어서 빨리 이번 계약을 끝내고자 마음먹었다.

*   *   *

맹독에 중독되었던 크리스틴이 나흘 만에 의식이 돌아왔다.

병석에 누워 있는 동안에도 그녀는 진군을 막아내지 못했다는 자괴감에 빠져 있었다.

"…내가, 내가 잘못한 거야. 아예 죽었어야 했는데……."

그녀는 아론이라는 사람의 인성이라면 분명 진군을 멈출 것이라고 생각했다.

하지만 그는 남자이기 전에 군주였다.

자신의 군대와 백성에게 이득이 되는 일이라면 뭐든지 하는 사람이었던 것이다.

똑똑.

"벨리안입니다."

그녀는 벨리안의 목소리를 들었지만 아무런 대답도 하지 않는다.

마치 넋이 나간 사람처럼 천장만 뚫어지게 바라보고 있을 뿐이었다.

문을 열고 안으로 들어온 벨리안이 크리스틴을 다시 한 번 부른다.

"공녀님?"

아무런 대답이 없던 크리스틴이 고개를 돌린다.

"…지금쯤 아론은 어디까지 진군했을까요?"

"전투가 빨리 끝나니 아마도 칼루마니를 함락시키고 에리시아 근방에 도달했을 겁니다. 늦어도 닷새면 에리시아에 당도할 수 있겠지요."

"그렇게나 빨리?"

"군을 유지하는 것은 돈입니다. 돈은 백성들의 주머니에서 나오는 것이니 당연히 진군을 서두를 겁니다. 그게 영지를 위하는 일이니까요."

그녀는 새삼 자신의 무력함을 절감한다.

"우리 에리시아와 칼리어스가 피를 보겠군요."

"아마 그렇게 되겠지요."

칼리어스 군의 위력을 두 눈으로 똑똑히 지켜본 크리스틴의 입장에서 진군이란 그야말로 죽음이나 마찬가지였다.

"다시 한 번 생각해 보지는 않겠죠?"

"물론입니다. 군주의 자리는 조금은 독해질 각오가 필요합니다. 영주님께서는 굳게 각오를 다지셨지요."

아무리 노력해도 안 되는 일은 안 되는 것, 그녀가 다시 자리에 눕는다.

"혼자 있고 싶네요."

"알겠습니다. 먹을 것은 탁자 위에 놓겠습니다. 그럼 저는 이만……."

문을 열고 밖으로 나서려던 벨리안이 불현듯 멈추어 섰다.

"아참, 말씀드린다는 것이 깜빡했군요. 조만간 국혼이 치러질 겁니다."

순간, 크리스틴의 몸이 움찔거렸다.

"상대는 아이엔 왕국 실비아 왕녀입니다. 미색과 지성을 고루 갖춘 최고의 신붓감으로 손꼽히는 분이시지요."

등을 돌리고 누워 있던 크리스틴이 자리에서 천천히 일어섰다.

"그런 소리를 왜 저에게 하시는 거죠?"

"알아두셔야 할 것 같아서 드리는 말씀입니다."

"굳이 지금, 이렇게 힘든 시기에 그런 말을……."

"이미 공녀님과 영주님의 관계는 끝이 났다고 말씀드리는 겁니다. 이제 두 분을 이어줄 그 어떤 것도 남아 있지 않다고 말이죠."

벨리안은 처음부터 크리스틴이 아론에게 호감을 가지고 있음을 눈치채고 있었던 것이다.

"그러니 동정심을 이용해 무엇을 도모할 생각은 아예 접는 편이 좋으실 겁니다. 그나마 서로에게 좋은 기억으로나마 남으려면 말이죠."

이윽고 벨리안은 뒤도 돌아보지 않고 방을 나섰다.

그런 그의 뒷모습을 바라보는 크리스틴의 눈가에 눈물이 고인다.

"누구 때문에 죽을 각오로 이곳까지 왔는데……."

가슴이 아프다.

왜인지는 몰라도 그녀는 가슴이 찢어질 듯이 아팠다.

분명 두 사람은 아무런 관계도, 그렇다고 정을 통했던 사이
도 아니었다.

오히려 원수와 원수로 만났고, 얼마 전까지만 해도 서로를
기억에서 지우는 편이 나을 정도로 사이가 좋지 않았다.

그럼에도 불구하고 끝이라는 말이 왜 이렇게 실감이 나지
않는 것인지 모른다.

아마 그녀가 아론에게 일말의 기대감을 품고 있었기 때문
일 것이다.

만약 크리스틴이 아무런 감정을 갖지 않았다면 이렇게 가
슴이 아플 일은 아마 없었을 것이다.

그녀는 다시 조용히 자리에 누워 잠을 청해 본다.

깊은 잠에 빠지면 슬픔이 가실 것 같았기 때문이다.

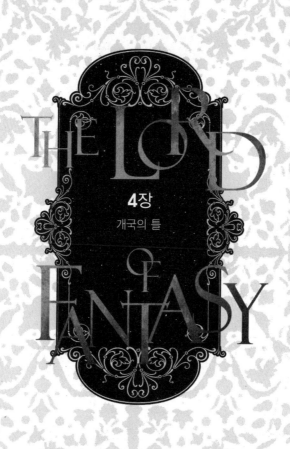

THE LORD OF FANTASY

4장

개국의 틀

제국군은 칼리어스 철갑함대를 움직이기를 원했지만 아론은 그것을 거부했다.

그리고 약속대로 에리시아 본성까지 진군하여 임시주둔지를 구성했다.

본성을 눈앞에 두고 끝까지 진군하지 않는 아론에게 아르마니가 답답함을 토로한다.

"어째서 성을 눈앞에 두고도 함락시키지 않는 것이오?"

"나는 에리시아 군을 견제하는 목적으로 지금까지 성을 함락시킨 것이지 에리시아를 지도에서 없애고자 진군한 것은 아니요."

"그 무슨 말도 안 되는 소리란 말이오? 적의 심장부가 눈앞이오. 그런데도 진군하지 않겠다?"

아론은 고개를 갸웃거린다.

"그럼 당신들은 나의 적이 아니란 소리인가?"

"뭐, 뭐요?"

"화친을 맺은 것은 어차피 종이쪼가리 찢어버리면 끝나는 관계가 아니오?"

"우리가 당신들에게 내건 약속들은 아주 많은 것을 포기하면서 수용한 것이오. 그런 우리의 입장도 좀 생각을 해줘야하는 것 아니겠소?"

"에리시아를 우리의 손으로 없애고 연합군만 상대하면 당신들이야 좋겠지. 하지만 그게 나에게 과연 어떤 이득이 될지는 미지수군요."

애초에 믿음이라는 전제조건이 없었던 제국군과 아론의 관계다.

누가 언제 뒤통수를 쳐도 전혀 이상할 것이 없다는 소리다.

"화친을 맺겠다는 약속은 아예 잊어버린 것이오?"

아르마니의 질문에 아론이 고개를 젓는다.

"내가 무슨 치매환자요? 당연히 기억나지."

"그럼……."

"이 바닥에서 눈칫밥 꽤나 자셨다는 양반이 둔해서야 원……."

순간, 아르마니의 표정이 와락 일그러진다.

"처음부터 에리시아로 진군할 생각이 없었던 것이오?!"

"아니지. 보시오, 약속대로 진군은 했소이다. 다만, 본성을 함락시킨다는 조항은 없었으니 공격대기 상태에 있을 뿐이오."

잠시 후, 아론의 막사로 전령이 도착했다.

"영주님, 적진에서 사자가 도착했습니다."

"그래?"

아론이 슬그머니 미소를 짓는다.

"저쪽에서 먼저 협상을 제안할 모양이군. 어떻소? 함께 가시겠소?"

자꾸만 염장을 지르는 아론의 태도에도 아르마니는 애써 화를 눌러 참았다.

"…그래서 뭘 어쩌자는 것이오? 저들과 정말 협상이라도 할 생각이오?"

"돈 조금 받아내고 끝나면 좋겠지만, 그렇지 않다고 해도 선제공격할 생각은 전혀 없소. 우리는 딱 계약조건만 이행해 주면 그만이니까."

애초에 아론이 아르마니의 말대로 움직인다는 것은 아예 말도 안 되는 소리였다.

기본적으로 제국을 이렇게까지 싫어하는 아론이 제국에게 무조건 이득이 되는 짓을 무작정할 리가 없었던 것이다.

"착각하는 모양인데, 당신과 우리는 화친을 맺었을 뿐이지 동맹관계로 발전한 것은 아니요. 아시겠소? 황태자의 생각대로 우리를 최후의 보루라고 생각한다고 해도 상관없소. 하지만 필요할 때 꺼내 쓰는 걸레자루는 아니오. 명심하기 바라오."

이윽고 아론이 자리에서 일어섰다.

"부디 가시는 길 잘 살펴서 가시기 바라겠소."

아르마니는 울분을 삭인 채 막사를 나설 수밖에 없었다.

* * *

아론은 백기가 내걸린 협상테이블에 앉아 에리시아의 재무관 아라한츠 백작을 마주한다.

"협상 조건을 말하시오. 폐하께서는 그대가 원하시는 요구를 충분히 수렴하실 용의가 있다고 하셨소."

"충분히 수렴한다? 정말이오?"

"물론이오. 난 적진 한가운데 앉아 군부의 수장에게 거짓말을 늘어놓을 정도로 담이 큰 사람은 아니오."

"후후, 그 어떤 협상가라도 그런 마음가짐을 가지고 있겠지. 자신의 머리가 달아나는 순간, 바야흐로 전투가 발발할 것이니 말이오."

아라한츠는 최대한 침착하게 아론을 대한다.

"여기서 그대들이 철수하는 데 필요한 무언가을 말씀만 해 주시오. 우리 에리시아 측에서 지원할 수 있는 것이라면 무엇이든 해주겠소."

"각오 하나는 참으로 좋군."

"그렇지 않다면 남는 것은 전투뿐 아니겠소? 우리는 그대들과의 전투를 원치 않소."

에리시아의 입장에서 아론의 존재는 여간 불편한 것이 아니었다.

그렇기 때문에 지금 이렇게 조금은 저자세로 나오는 것이었다.

"우리의 조건은 황금 10만 골드와 지금까지 우리가 함락시킨 성들에 대한 소유권이오."

아라한츠가 당혹스러운 표정을 짓는다.

"10만 골드는 좀……."

"물론 여기엔 크리스틴의 몸값도 포함되어 있소."

일부 고위급 신하들만이 알고 있는 사실이었지만 아라한츠 역시 협상가로서 크리스틴이 아론의 손에 있다는 사실을 이미 알고 있었다.

"황녀 전하께서는 무사하시오?"

"아찔한 순간이 있긴 했지만 다행이도 살아 있소. 다시는 못된 선택을 못하도록 관리를 잘해야 할 것이오."

"못된 선택?"

"우리가 에리시아로 진격한다는 소리를 듣고는 독약을 먹었소."

크리스틴이 자살을 기도했다는 소리를 듣자, 아라한츠가 경악에 찬 표정을 짓는다.

"서, 설마하니 황녀전하께서……."

"그럼 내가 거짓말이라도 한다는 소리요?"

"그, 그런 것은 아니지만……."

"불편한 진실도 때론 받아들여야 하는 것 아니겠소?"

믿을 수 없다는 표정의 아라한츠에게 아론이 물었다.

"어쩔 것이오? 내 제안을 받아들일 것이오?"

조금 황당한 일들이 있긴 했지만 에리시아의 입장에서 아론의 손을 잡지 못하면 그대로 파국이었다.

"…좋소. 그렇게 하리다."

"그럼 협상은 채결된 셈이군. 황금은 내일 수령하는 것으로 해주시오."

최대한 빨리 철수하기 바라는 것은 양쪽 진영 모두의 바람이었다.

"내일 내가 이곳에서 병사들을 철수시킬 터이니 그대들은 크리스틴을 안전하게 데리고 갈 준비나 하시오. 내가 손과 발을 모두 묶어버리는 한이 있어도 그녀는 꼭 살려서 데려다 주겠소."

"부디 그렇게 해주시오."

왕의 자식은 왕가의 상징적인 존재다.

만약 그녀가 자살이라도 하는 날엔 에리시아의 결속력이 저하될 것이 분명하다.

아라한츠의 얼굴에 조바심이라는 감정이 서려 있는 듯했다.

*   *   *

아론이 에리시아 본성을 함락시키기 전에 돌아섰지만 제국의 입장에서는 그것만으로도 걱정 하나를 덜어낸 셈이었다.

바로 옆에 칼리어스의 군대가 주둔하고 있으니 당분간은 영토 확장은 할 수 없는 입장이 되어버렸기 때문이다.

게다가 황금 10만 골드나 되는 돈을 써놓고 쉽사리 군대를 움직일 여력이 남아 있지 않았던 것이다.

카미엘은 부하들의 보고를 듣고는 낮게 신음했다.

"흐음……. 생각보다 더 영악한 놈이군. 에리시아를 끝까지 남겨두어 우리를 견제하겠다는 뜻인가?"

"어차피 이번 전쟁은 끝을 알 수 없는 지경까지 왔사옵니다. 아론의 태도는 당연한 일이라고 사료되옵니다."

"그렇겠지. 하지만 조금 아쉽긴 하군."

"사람 일이라는 것이 어디 그렇게 뜻대로만 흘러가더이까?"

쓸쓸하게 웃은 카미엘이 막사를 나선다.

"이제 때가 된 것 같군. 아바마마께서 말씀하신 바로 그때가 지금이야."

카미엘은 칼번의 칙서를 받은 후, 쉬지 않고 진군해 아르웬 근방까지 도달했다.

하지만 카미엘은 이곳까지 오면서 칼번의 의도에 대해 한 번도 언급한 적이 없었다.

그러니 수뇌부가 군부의 작전을 제대로 파악할 수가 없었던 것이다.

"전하, 이젠 저희들에게 말씀을 해주시면 아니 되겠사옵니까?"

"내가 말을 너무 아끼는 것 같아 속이 답답한가?"

"그런 것은 아니옵니다만……."

"다 필요한 것이라 기다리는 것뿐이다. 그대들은 나를 믿지 못하는가?"

"그럴 리가 있사옵니까? 여기까지 온 것이 모두 누구의 은덕인데 그걸 잊겠나이까?"

"그럼 끝까지 믿으라. 황제폐하께서 우리에게 승리를 가져다주실 것이다."

카미엘의 믿음은 황제를 신임하는 신하의 것보다 크고 깊었다.

언제나 그랬듯, 이 위기를 타개할 사람은 오로지 절대자뿐이라고 생각했던 것이었다.

"다음 목적지는 함대사령부다."

"함대사령부라함은……."

"이미 함락되어 남의 땅이 되어버린 곳이지. 하지만 그곳은 어디까지나 우리 군의 심장부다. 다시 탈환한다."

"예, 전하."

카미엘의 측근들은 그의 의견에 따라 군을 이동시킨다.

*　　　　*　　　　*

아르웬에서는 전투가 한창이었지만 칼리어스 본성은 그야말로 축제 분위기였다.

금화 10만 골드와 무사 귀환한 아론을 맞이하는 환영인파로 칼리어스 본성 입구는 발 디딜 틈조차 없었다.

"와아아아아아아!"

"영주님 만세!"

금화 수레만으로도 충분히 아론은 인기를 구가할 수 있었지만 그 외에도 그의 인기는 하늘 높은 줄 모를 정도였다.

지금까지 아론이 영지들을 정복하면서 제도를 개혁해 왔기 때문이다.

제국이 전쟁을 하든 말든 칼리어스는 서서히 자리를 잡아가고 있었고, 재정은 서서히 탄탄해지고 있었다.

군사력은 무려 30만에 달하고 있었으며, 거리에 부랑자들은 찾아볼 수 없었다.

이 모든 것은 아론이 가지고 있던 엄청난 자금력과 추진력 때문에 빛을 볼 수 있었던 것이다.

잘 먹고 잘 사는 것에 열광하는 것은 민심의 본능과도 같은 것이었다.

지금 아론의 인기는 그야말로 연예인 수준이었다.

"영주님 이곳을 한 번만 봐주세요!"

"영주님……!"

소녀들은 이미 아론의 수려한 외모에 반해 정신을 놓은 지 오래였고, 여인들은 설레는 가슴을 감출 수가 없었다.

아론의 곁으로 엘드라빈이 다가왔다.

"이제 슬슬 개국을 선언할 시기가 온 것 같군."

그는 고개를 가로저었다.

"아직 시기상조가 아닐까?"

"등극을 미루는 것이 상책은 아니야. 적당한 시기를 봐서 등극하는 것이야말로 결속력을 다지는 가장 좋은 방법이 될 거다. 전쟁이 끝나고 제국이 어떻게 나올지 아무도 모르는 거니까."

지금까지 아론이 등극을 미루고 있었던 까닭은 조금이라도 더 단단하게 기틀을 잡아놓기 위함이었다.

하지만 엘드라빈의 말처럼 추후에 제국이 어떤 행동을 취

할지 모르니 전란 중이라도 등극을 할 필요가 있었다.

"만약 내가 등극한다면 시기는 언제가 좋겠나?"

"벨리안이 크리스틴을 인계해 주고 돌아오는 대로 진행하는 것으로 하지. 벨리안은 군부의 중추적인 인물이니 그가 없이 개국선언을 했다가 기사들의 반발을 살 수도 있어."

그의 존재는 아론 역시 동감하는 바였다.

"그래, 그럼 벨리안이 돌아오는 대로 개국식을 준비하도록 하겠어."

칼리어스 본성으로 들어가기 전, 엘드라빈이 아론에게 물었다.

"우리가 했던 약속들은 잊지 않았겠지?"

아론이 작게 고개를 끄덕였다.

"당연하지. 평생 너와 네 아들이 나의 곁에 남아 있으리라는 기대는 이미 접었다. 정복한 영토들은 물론이고 우리와 화친한 남부 연합에서 그 답을 찾을 수 있을 거다."

엘드라빈의 소원은 아이러니하게도 아들과 함께 죽는 것이었다.

보통 사람들처럼 함께 늙고 병도 걸리고 종국에는 죽음을 맞이하는 평범한 인생을 누리는 것이 그의 작은 욕심이었다. , 하지만 그것을 이루자면 드래곤의 힘과 비견되는 매개체나 드래곤하트가 필요했다.

"듣기로는 아이엔 왕국에 유적지가 많다고 하더군. 그곳에서 답을 찾을 수 있을지도 몰라."

"아이엔 왕국이면 네가 지금 국혼을 맺으려는 곳이 아닌가?"

"맞아. 우리와 아이엔 왕국이 조금 더 가까운 사이가 된다면 그곳의 왕궁도서관이나 학자들의 연구 자료를 사용할 수도 있겠지."

처음으로 엘드라빈이 미소를 짓는다.

"생각만으로도 가슴이 벅차오르는 것 같군."

겉모습은 꼬마에 성격 역시 거의 파탄에 이른 엘드라빈이었지만 아들에 대한 사랑은 그 어떤 아버지보다 지극했다.

그 마음을 조금이나마 이해하고 있는 아론이기에 그의 소원이라면 어떻게든 들어주고 싶었다.

"꼭 성공하기를 바란다. 그래야 내가 죽을 때 편안하게 눈을 감을 것 같아."

"후후, 너무 앞서나가는 것 아닌가? 나이가 몇인데 벌써 죽을 날을 기다리고 있어?"

"사람 일은 어떻게 될지 모르는 거니까."

처음으로 사람다운 얘기가 오간 느낌이다.

＊　　　＊　　　＊

벨리안은 국경수비대로 편성된 3만의 군사와 함께 크리스틴을 배웅했다.

비록 국경지대까지 오는데 손과 발을 모두 묶어 놓았지만 대우만큼은 절대 소홀하지 않게 신경 썼다.

"지금까지 손과 발을 모두 묶어 두었던 것은 당신이 자초한 일이었습니다. 이해하시지요?"

그녀가 작게 고개를 끄덕였다.

"다시는 이런 불미스러운 일이 일어나지 않기를 바랍니다. 누가 뭐라고 해도 당신은 아름다운 여인이 아닙니까."

크리스틴이 씁쓸한 미소를 지었다.

"내가… 아름답다?"

"사실입니다. 당신의 미모는 눈이 부실 지경입니다. 언젠가는 좋은 인연을 만날 수 있을 겁니다."

지금까지 따뜻한 말은 전혀 한 적도 없었던 벨리안의 위로에 그녀가 작게 웃었다.

"이렇게 손발을 다 묶어두고 할 얘기는 아닌 것 같은데……."

벨리안은 마치 죄수를 수용하는 듯한 광경에 실소를 흘렸다.

"후후, 꼴이 좀 이상하긴 하군요. 하지만 어쩔 수 없습니다. 이제 곧 그분의 명령은 왕명이 될 테니."

"왕명이라……."

그녀는 고개를 푹 숙였다.

"그 왕이라는 사람 곁에는 왕비가 앉겠죠. 그리고 그 왕비는… 실비아라는 여자가 되겠지요?"

"아마 그럴 겁니다. 큰 이변이 없는 한 말이죠."

그녀의 어깨가 아주 가늘게 떨려왔다.

"나는 아주 멍청한 여자예요. 아주 잠깐 그 곁에 내가 앉으면 어떤가 하고 생각해 봤어요. 사실, 목숨을 걸고 산맥을 넘었을 때도 그런 생각을 했죠. 어쩌면 아론과 나는 아직 끝이 아니라고요. 사실, 어느 한쪽에서도 파혼을 선언한 적은 없었잖아요?"

벨리안이 어색한 미소를 짓는다.

"그렇습니까?"

"억지라는 것 알아요. 하지만 사람이 꿈을 꾼다는 것이 죄는 아니잖아요?"

그녀의 꿈은 황녀가 되는 것도, 그렇다고 왕비가 되는 것도 아니었다.

오로지 마음 가는 사람과 함께 행복하게 사는 것이었다.

"만약 내가 시간을 되돌릴 수 있다면 그의 곁에 있기 위해 어떤 짓이라도 할 거예요. 그래서 내가 행복해질 수 있다면 영혼이라도 팔겠어요."

벨리안은 어쩌면 이번 전쟁으로 인해 가장 불행해진 사람은 크리스틴이 아닐까 하는 생각을 해본다.

"반드시 행복해질 수 있을 겁니다. 물론, 영주님만큼 잘난 남자는 아니겠지요. 그렇지만 꼭 당신을 행복하게 해 줄 수 있는 남자가 나타날 겁니다. 내가 기사도를 걸고 보증합니다."

"…부디 그랬으면 좋겠네요."

힘없는 그녀의 표정이 벨리안의 감성을 가극한 모양이다.

그는 품속에서 갈색 주머니 하나를 꺼내 그녀에게 건넸다.

"이게 뭔가요?"

"언젠가 제가 여자를 만나게 되면 주려고 사둔 겁니다."

그녀의 곁에 앉아 있던 시녀가 갈색 주머니의 묶음을 풀어 내용물을 꺼냈다.

"나비?"

"네, 맞습니다. 나비입니다."

그것은 바로 백금으로 만든 나비모양의 펜던트였다.

날개에는 각가지 탄생석들이 수놓아져 있었고, 중앙에는 루비와 사파이어가 박혀 있었다.

"제가 어려서 기억하는 어머니는 나비를 무척이나 좋아하셨습니다. 그래서 항상 이렇게 생긴 나비를 잡아다 드리곤 했지요."

"그럼 이건 어머니를 생각하며 산 물건이겠군요."

"맞습니다. 어머니의 그리움을 달랠 수 있는 여자가 생긴다면 꼭 주고 싶었던 물건이죠."

"이렇게 의미 있는 것을 나 따위에게 주어도 괜찮아요?"

"제가 평생 지킬 여자는 아닙니다만, 저는 당신이 행복하기를 바랍니다. 만약 이것이 조금의 위로라도 된다면 더 이상 바랄 것이 없겠지요."

항상 냉정한 태도를 유지해 왔던 벨리안에게서 느끼는 의외의 온정에 그녀가 감동 받은 듯하다.

"…고마워요."

"그렇게 큰 물건은 아닙니다만, 언젠가 당신이 그것을 목에 걸고 있는 모습을 꼭 보고 싶군요."

크리스틴이 그의 말에 대답을 하려던 찰나였다.

"단장님. 전방에 에리시아 군이 보입니다."

벨리안이 고개를 끄덕인다.

"알겠다. 전군은 이곳에서 정지한 후, 다시 회군을 준비한다."

"예, 단장님."

기사단장 벨리안을 필두로 모두 50명의 기사들이 크리스틴을 태운 마차를 끌고 에리시아 군 진영으로 향한다.

서서히 다가오는 에리시아의 깃발의 형상이 크리스틴을 안절부절못하게 만든다.

"벨리안……."

하지만 그는 끝내 그녀의 의중을 파악하지 못하고 이별을 맞이한다.

"잘 사십시오. 그리고 반드시 행복하십시오."

크리스틴의 가슴 속 한편에 묘한 두근거림을 만들어버린 벨리안은 그렇게 멀어져만 갔다.

*   *   *

칼리어스 영주성 본관, 시녀들을 대동하고 왔다던 실비아가 아론을 찾아왔다.

아예 이곳에 눌러앉을 작정으로 찾아온 것임은 삼척동자도 다 아는 사실, 아론은 거두절미하고 단도직입적으로 그녀에게 물었다.

"이번이야말로 국혼을 치를 때가 온 것 같군요. 아이엔 왕국에서도 그렇게 생각하고 있습니까?"

그녀가 수줍게 고개를 끄덕였다.

"모든 것이 아바마마의 뜻입니다. 당신을 낭군님으로 맞으라고 말이죠."

"낭군……."

얼굴이 화끈거리는 것은 아론 역시 마찬가지, 모든 것이 익숙하지 않고 어색하기만 하다.

"제가 부른 호칭이 좀… 거슬리셨나요?"

"아, 아닙니다! 그런 것은 아니고……."

처음 아론과 마주하여 당당한 모습만을 보이던 실비아는 온데간데없고 오로지 수줍은 여인의 모습으로 변해 있었다.

그 모습을 바라보는 아론의 심장도 두근거리긴 마찬가지였다.

세상의 그 어떤 남자가 실비아를 보고 정상적으로 행동할 수 있을지 의문이다.

"험험……! 하여간 저 또한 국혼을 염두하고 있었던 찰나였습니다. 원래대로라면 제가 먼저 정식으로 청혼해야 맞는 것입니다만, 아직 개국선언을 하지 않아서 차일피일 미루고 있었던 것뿐입니다. 이해해 주십시오."

"괜찮아요. 나라의 기틀을 만드는 일이 가장 중요하지요. 국혼은 제가 좀 더 기다릴 수도 있는 문제예요."

"그리 이해해 주신다니, 감사할 따름입니다."

막상 결혼이라는 얘기를 꺼내놓고 보니 미묘한 분위기가 형성된다.

"그럼……. 신방은 어디에 차리는 것이 좋을까요?"

"…우선은 칼리어스 본성에 신방을 꾸미면 어떨까 합니다. 왕녀님의 생각은 어떠하신지요?"

일단 결혼을 한다는 전제조건이 붙고 나니 모든 것이 일사천리다.

벌써부터 둘이 평생 함께할 신혼집을 어디에 꾸밀 것인지가 화두 되었다.

"제가 예법을 모두 따질 수 있는 상황이 아닙니다. 정확히 말하자면 지금부터 우리가 하는 모든 것이 대대로 칼리어스의 왕실의 예법이 될 겁니다. 그러니 격식은 따지지 않는 것으로 합시다."

"네, 그렇게 할게요."

연신 조신한 모습으로 일관하던 그녀가 아론에게 조그만 상자를 하나 내밀었다.

"이게 뭡니까?"

"아바마마께서 영주님은 화려한 것을 싫어하실 것이라면서 당신께서 물려받으셨던 반지를 주셨습니다."

"반지를요?"

"할바마마께서 언젠가 사위에게 물려주었으면 한다고 말씀하셨다고 하더군요."

페이든은 처음부터 아론을 부마로 생각하고 모든 것을 준비했던 모양이다.

"저는 아직까지 예물을 준비하지 못했습니다만……."

"괜찮아요. 아직 우리에겐 시간이 많잖아요."

그녀는 절대 서두르는 법도, 그렇다고 너무 느긋한 법도 없었다.

이것이야말로 왕비가 가져야 할 가장 큰 덕목이라 할 수 있을 것이다.

아론이 자리에서 일어나 실비아에게로 좀 더 가까이 다가갔다.

그리고는 그녀와 가까이서 눈을 마주쳤다.

두근!

실비아의 눈이 토끼처럼 동그래졌다.

"앞으론 이렇게 평생 눈을 마주치며 삽시다. 눈은 마음의 창이라고 하니 밖으로 내뱉지 못한 말은 이렇게 눈으로 대신 말하며 평생 사는 겁니다."

"아론 경……."

"제가 과연 한 여자를 행복하게 할 수 있을 만큼 대단한 놈 인지는 모르겠습니다만, 최선을 다하겠습니다."

두 사람 사이에 핑크빛 기류가 흐르는 듯하다.

*   *   *

루멘트 제국의 수도 아르웬, 연합군 본대와 상륙군이 1차 성채 앞에서 합류했다.

연합군은 제국의 함대사령부를 점령하면서 병력 보급의 효율을 극대화시켰기에 원활한 공습준비가 가능했다.

"총사령관님, 제2군과 3군이 도착했습니다."

"알겠네. 각 군의 사령관과 참모진을 소집하게."

"예, 장군."

제이든의 소집명령이 떨어지기 무섭게 군사령관과 참모부 가 막사 안으로 들어온다.

"오랜만입니다, 장군."

"나도 자네들의 얼굴을 보니 기분이 좋아지는군."

개중에는 아이엔 왕국군 소속인 장수들도 있고 그렇지 않은 장수들도 있었다.

하지만 그들은 모두 제이든을 총사령관으로 인정했고, 그에게 상관으로서의 대우를 약속했다.

이윽고, 제이든은 아르웬 공습에 대한 설명을 시작했다.

"알고 있겠지만 1차 성채는 제국에서 가장 단단하다고 알려진 곳이다. 하지만 에리시아 군은 이곳을 돌파해 2차 저지선까지 돌격했으며, 시간만 있었으면 본성을 공략할 수도 있었지."

"아주 난공불락은 아니라는 소리군요."

"이 세상에 쉬운 공성전이 어디 있겠나? 오로지 뚝심 좋은 놈이 성을 점령하는 것 아니겠어?"

"뚝심이라……."

연합군의 장수들은 에리시아 군이 보여주었던 뚝심에 대해 익히 전해 들은 바가 있다.

"엄청난 뚝심이었지. 아르웬에 쌓여 있던 에리시아 군의 시체들을 치우는 것만 해도 엄청난 일이었다고 하더군."

"우리가 진격하지 않았다면 에리시아에서 제국을 끝장 낼 수도 있었겠군요."

"그렇게 되었다면 일이 조금 애매하게 되어버렸겠지."

전쟁에서 가장 중요한 것은 명분인데 에리시아가 제국을

타도해 버리면 연합군은 그 결속력이 다소 떨어져 버릴 것이다.

애초에 그들이 군을 연합시킨 것은 루멘트의 극 제국주의 때문이었다.

그러니 그 원흉이 없어지면 무엇 하나 얻는 것 없는 허무한 결말만이 남아 있을 뿐이었다.

"일이야 어찌 되었던 간에 이건 우리 연합군에게는 둘도 없는 기회일세. 마침 칼리어스가 에리시아를 압박해 주는 바람에 뒤를 걱정하지 않게 되었으니 말이야."

아이엔 왕국이 칼리어스와 수교를 맺은 것은 그야말로 신의 한 수라고 할 만했다.

만약 아직도 아론이 대륙을 휩쓸고 다녔다면 그들은 마음 놓고 이곳까지 진군할 수도 없었을 것이다.

사실, 아론이 더 이상 남진하지 않은 것도 명분이 없었기 때문이다.

제이든은 그들의 엄청난 화력과 전략전술에 대해 귀가 따갑게 들어왔다.

아마 칼리어스에게 명분이 있었다면 일이 어떻게 되었을지, 상상하기조차 싫어진다.

"그렇다면 이전 작전은 분명 총공세겠군요."

제이든이 고개를 끄덕인다.

"물론이지. 여기서 아르웬을 점령하지 못한다면 연합군의 결속력은 사정없이 떨어지고 말거야. 이번 달 안에 아르웬을 함락시킨다는 생각으로 전투에 임하자고."

"하지만 제국군의 저항도 만만치는 않을 텐데요."

"어차피 카미엘의 본대는 유격전 말고는 딱히 할 수 있는 일도 없는 소수일 뿐이고, 문제는 그가 보낸 구원 병력이야."

카미엘이 구성한 구원병력의 숫자는 오히려 연합군의 숫자보다 많았다.

연합군이 카미엘과의 전투에서 워낙 줄줄이 대패하는 바람에 병력의 숫자가 상당수 줄어 있었던 것이다.

"그럼 구원 병력을 먼저 괴멸시키는 편이 낫지 않겠습니까?"

제이든은 고개를 가로저었다.

"아니, 그렇게 되면 우리가 궁지에 몰리는 꼴이 되네. 만약 우리가 구원 병력과 싸우는 도중에 제국의 중앙군이 뛰쳐나오기라도 한다면 정말이지 답이 없어져."

"흐음……."

"결국 본성을 최대한 빨리 공략하는 편이 낫다는 소리입니까?"

"관건은 시간이야. 우리가 얼마나 빨리 성채를 돌파하고 본성까지 도달할 수 있으냐지."

"시간이라……."

"물량에 장사 없는 것이야 당연한 일이지만 문제는 시간이 그리 많지 않다는 것이지."

"하지만 아무리 총력전을 벌여도 이주일 안에 함락을 시킬 수 있겠습니까?"

"해봐야지. 해보지 않고서는 아무것도 장담할 수 없는 것 아니겠나?"

현재 아르웬의 상황은 불과 일주일 전과 비교해서 엄청나게 좋아졌다.

아르테미스의 병력이 함대사령부를 포기하고 아르웬으로 돌아왔기 때문이었다.

각 지역의 국경수비대와 잔여 병력을 합친 아르테미스의 병력의 규모 또한 무시할 수 없을 정도였다.

"현재 우리와 저들의 전력 차이는 얼마나 되는가?"

"추정하기론 약 네 배 정도입니다."

"네 배라……."

아슬아슬하지만 지금이야말로 절호의 기회라는 소리였다.

"오늘 새벽부터 밀어붙이는 것이 좋겠습니다. 더 이상 우물쭈물하다간 퇴각해야 할지도 모르니까요."

"안 그래도 그럴 생각이었네. 오늘 새벽을 기점으로 아르웬 강습작전에 돌입하기로 하지. 각 군의 사령관은 참모진들과 함께 한 시간 안에 작전요도를 완성해서 제출하게."

"예, 장군."

일단 윤곽이 잡힌 작전이 진행되는 것은 일사천리였다.

하지만 언제가 변수는 생겨나게 마련이다.

"장군, 2군 소속 천인대장 마크입니다."

"들어오게."

제이든과 군 사령관들에게 경례를 올린 천인대장이 조금은 다급한 목소리를 낸다.

"지금 아르웬에서 중앙군이 성문을 열고 공격을 준비하고 있다고 합니다. 속히 방어병력을 편성해야 할 것 같습니다."

순간, 막사 내에 있던 장군들의 표정이 미묘하게 일그러진다.

"미친놈들이 아닌가? 성문을 걸어 잠그고 버텨도 모자랄 판에 선제공격이라니."

제이든은 뭔가 판이 이상하게 돌아가고 있음을 느꼈다.

'이상하다……. 뭔가 이상해.'

바로 그때였다.

"장군! 후방에서 급보입니다!"

"후방?"

"지금 마소티아가 이끄는 중동부 연합이 진격하고 있답니다!"

그제야 제이든은 칼번이 꽁꽁 숨겨두었던 한 수가 무엇인지 깨닫는다.

"뭐라?!"

연합군이 군사력을 집중시키는 동안 아르웬에 있던 첩보

는 제대로 이뤄지지 못했다.

그 덕분에 마소티아 국왕이 칼번과 손을 잡았다는 사실을 까마득하게 모르고 있었던 것이다.

"병력의 숫자는?"

"자세한 통계를 내릴 수는 없습니다만, 선발대의 병력만 무려 30만이라고 합니다!"

"30만?!?"

만약 이대로 칼번의 군대와 멕켈린의 중동부 연합군이 합공한다면 남부 연합은 꼼짝없이 포위당하는 꼴이 된다.

"빌어먹을! 도대체 어느새 이곳까지 진격했단 말인가?! 중간에는 분명히 칼리어스령의 성들이 있었을 텐데?"

"아론은 중립적인 세력입니다. 중동부 연합과 괜히 척을 지면서 병력을 낭비할 필요는 없지요. 아마 그들은 성을 에둘러 가는 것이라면 조건부로 영지관통을 허락했을 겁니다."

칼리어스가 아이엔 왕국과 수교를 맺은 것은 분명하지만 연합군에 소속된 국가는 아니었다.

그렇기 때문에 그들이 어떤 누구와 손을 잡건 아론의 마음인 것이다.

"일단 서쪽으로 후퇴한다."

"하지만 그쪽엔 카미엘의 군대가 있습니다. 소수이긴 하지만 잘못했다간 큰 피해를 입을 수도 있습니다."

아무리 천하의 제이든이지만 이 많은 군사를 이끌고 피해

없이 국경을 넘는 것은 불가능해 보인다.

"그렇다면 서쪽의 상황은 어떠한가?"

"칼리어스 군과 에리시아가 대립구도에 놓여 있습니다. 그곳 또한 안전하다고 장담할 수는 없습니다."

"진퇴양난이란 말인가……."

"어떻게 해야 합니까?"

제이든은 자신이 생각하는 가장 최선의 결단을 내린다.

"현 시간부로 전 군은 함대사령부로 향한다."

"아예 퇴각을 생각하고 계신 겁니까?"

"어차피 이곳에서는 우리 병사들의 생존을 장담할 수가 없다. 차라리 함대사령부를 점령하고 병력을 안전지대까지 서서히 방출시키는 편이 낫다."

장수들이 생각하기에도 그만한 전략은 구사할 수 없을 듯했다.

연합군 병력은 다시 켈린으로 향한다.

THE LORD OF FANTASY

5장
전란의 종결자

아르테미스가 이끄는 중앙군은 전열을 가다듬자마자 곧장 켈린으로 향한다.

"장군, 전방에 적군의 깃발이 보입니다."

"성공이군."

칼번은 카미엘을 켈린으로 보내놓고 중동부 연합이 도착할 때까지 아무런 행동도 하지 않고 기다렸다.

그리고 그들이 아르웬까지 도착했을 때, 성문을 열어 오히려 역공을 준비했다.

자동적으로 켈린으로 진군하게 된 그들의 뒤를 친다면 연합군은 궤멸 직전까지 몰릴 수도 있는 상황이었다.

"전장의 전체적인 흐름을 보시는 폐하다. 역시 뭔가 달라도 다르군."

그는 곧 전란이 끝날 것임을 직감한다.

제아무리 천제적인 두뇌의 제이든이라고 해도 퇴로가 차단된 상태에서 제대로 전투를 치를 수 있을 리가 없었기 때문이다.

"진군 속도를 올린다. 저들의 퇴로를 차단하자면 쉴 틈이 없다."

"예, 장군."

이미 그의 머릿속에 공적에 대한 욕심 따윈 남아 있지도 않았다.

오로지 전란을 끝내고 다시 평화가 도래하기만을 바랄 뿐이었다.

*   *   *

카미엘은 켈린을 최대한 탄탄하게 보수하고 수성전을 준비했다.

연합군의 숫자라면 하루 만에 켈린이 함락될 수도 있는 일이기에 영지 내에 남아 있는 모든 것을 수비에 동원하기로 한다.

"영지에 남아 있는 덫은 얼마나 되는가?"

"총 5천 개 정도 되는 것 같사옵니다."

"흠……. 그 정도론 100만 대군을 막아낼 수 없어."

"하오면 어찌하면 좋사옵니까?"

깊은 고민에 빠져 있던 카미엘이 넓게 펼쳐진 개활지를 바라보았다.

"그렇다면 땅을 팔 수 있는 농기구는 얼마나 되는가?"

"농기구라면……."

"삽이나 곡괭이 같은 것들이지. 그것들은 풍부하겠지?"

"물론이옵니다. 전란을 겪긴 했지만 이곳의 주민들은 어업이나 농업에 아직 종사하고 있기 때문이옵니다."

카미엘이 무릎을 쳤다.

"그래, 그거다. 지금 당장 농부들을 소집해라."

"농부들을 말이옵니까?"

"최대한 젊고 땅 일에 능숙한 농부들을 소집해라. 여자도 상관없으니 일만 잘하면 그만이다."

"숫자는 얼마나 되어야 하옵니까?"

"최대한 많이 소집한다. 영지 내에 있는 농부들이란 농부들은 죄다 동원하고, 병사들까지 총동원한다."

"명을 받드나이다."

카미엘은 측근들과 함께 직접 마을 광장으로 내려갔다.

황태자의 명령으로 소집된 농부는 총 8천명, 남녀의 비율은 총 8:1이었다.

그밖에도 마차를 몰 마부들과 틈틈이 식사를 조달해 줄 여인들까지 합하면 1만 명도 넘는 인파였다.

카미엘은 그들에게 먼저 은화가 들어 있는 주머니를 건넸다.

"이것은 그대들이 받을 임금이다. 만약 내가 원하는 시간가지 일을 끝내면 이에 곱절을 얹어주겠다."

농부들은 어째서 자신들에게 무작정 개활지를 파내라는 것인지 이해를 할 수 없었다.

하지만 두 달 품삯의 세 배는 돈을 준다는 황태자의 제안이기에 그저 그에 따를 뿐이었다.

"지금부터 병사들과 함께 작업을 시작하라. 영지에 남아있는 말들과 전투마까지 죄다 동원해 구덩이를 판다."

"예, 전하."

살아남기 위한 필승전략이라는 카미엘의 장담을 믿기로 한 참모진들 또한 작업에 동원되었다.

*　　　*　　　*

마소티아 국왕 멕켈린이 이끄는 중동부 연합이 아르웬의 1차 성채까지 도달했다.

유켈린은 이곳에서 국왕 부부를 제도에 남겨두기로 한다.

"정말 내가 가지 않아도 되겠느냐?"

"형님은 그저 형수님과 이곳에 계시면서 전투가 끝나기만 기다리십시오. 생각보다 치열한 전투가 될 것 같습니다."

"하지만……."

전투에 대해서는 멕켈린보다 뛰어난 지식과 풍부한 경험을 갖고 있는 유켈린은 최대한 위험부담을 줄이려는 것이었다.

국왕이 직접 전투에 참전하면 사기는 분명 올라갈 것이다.

하지만 장수들의 입장에서는 국왕의 안전을 생각해야 하기에 부담일 수밖에 없다.

"약속을 잊은 것은 아니겠지요?"

"그럴 리가 있겠느냐?"

"그렇다면 이곳에서 편히 쉬면서 후사를 생산하는 데 박차를 가해 주십시오. 그것이 나라를 위하는 길입니다."

멕켈린은 씁쓸하게 웃을 수밖에 없었다.

"내가 동생 같고 네가 꼭 형 같구나."

유켈린이 실소를 흘렸다.

"후후, 함께 나이 먹어가는 처지에 그런 상하관계를 따져야겠습니까?"

"하긴. 너나 나나 나를 점점 먹어가긴 하는구나."

미소를 짓는 유켈린의 얼굴에 자리 잡은 상처들이 오늘따라 도드라져 보인다.

그것은 왕을 섬기는 신하가 아니라 집안을 위하는 동생으로서 희생한 훈장과도 같은 것이었다.

그런 동생의 얼굴을 바라보는 멕켈린의 가슴이 못내 아파 온다.

"다치지 말거라."

"새삼스럽게 그런 것을 다 걱정하시고 그러십니까?"

"알고 있다. 하지만 너는 국가에 꼭 필요한 재상이자 사령관임을 명심하거라."

유켈린이 작게 고개를 끄덕였다.

"언제나 그랬듯이 승전보를 올려 드리겠습니다."

"너만 믿겠다."

"예, 형님."

돌아선 유켈린이 전투마에 올라 자신의 군대에게로 돌아간다.

그런 그의 뒷모습이 늠름하면서도 쓸쓸해 보이는 것은 멕켈린의 안타까움 때문일 것이다.

국왕을 뒤로 한 재상 유켈린이 단상에 올랐다.

챙!

"형제들이여! 우리는 남부 연합군 나부랭이들과 일전을 치를 것이다!"

불현듯 몸을 날린 유켈린이 가볍게 바닥에 착지했다.

"대륙에서 가장 강한 사내들이 누구인가?!"

"와아아아아!"

"우리를 이길 수 있는 군대가 있었던가?!"

"와아아아아아!"

"우리는 반드시 승리한다!"

"마소티아 만세!"

군사들 사이에서 유켈린의 인기는 절대적인 수준이다.

백성들이 국왕에게 충성한다면 군부는 온전히 유켈린의 것이나 마찬가지였다.

"전군, 진군하라!"

쿵쿵쿵쿵!

멕켈린은 자신의 곁에 있던 엘레니아에게 감상에 젖어 물었다.

"그대가 생각할 때, 재상이 가장 멋질 때가 언제라고 생각하시오?"

"가족을 위해 몸을 아끼지 않는 유켈리 공이 멋지지 않을 때가 있겠습니까?"

가문을 위해 몸을 사리지 않는 유켈린이야말로 마소티아 가문의 실질적인 가장이라 할 수 있을 것이다.

"가장이 떠났으니 우리는 그의 뜻대로 합시다."

두 손을 꼭 잡은 부부가 아르웬으로 향한다.

*　　　*　　　*

켈린으로 진군하던 남부 연합군은 다소 황당한 풍경과 마주친다.

"이, 이게 다 뭔가?"

"…구덩이입니다."

"그걸 누가 몰라서 하는 소리인가? 내 말은 어째서 개활지에 구멍이 뻥뻥 숭숭 나 있냐는 소리야."

참모진들 중에서 누군가 카미엘을 거론한다.

"이런 짓을 할 만한 사람이 또 누가 있겠습니까?"

제이든이 이마를 짚는다.

"카미엘이 있었다는 것은 까마득하게 잊고 있었군."

연합군이 병력을 한 뭉치로 집중시키는 동안 카미엘은 켈린을 다시 수복하고 그곳에 진을 치고 있었던 것이다.

"아마 칼번과 짜고 이런 판을 벌였겠지요. 아무튼 무서운 부자가 아닐 수 없습니다."

개발지에 무려 3m나 되는 구멍이 나 있었고, 그 옆으로는 사람 키만 한 토벽이 일렬로 늘어서 있었다.

아무리 숙련된 보병이라도 이런 장애물을 뛰어넘으면서까지 진격하기란 여간 어려운 일이 아니었다.

"도대체 이 많은 장애물을 어느 세월에 다 만들었단 말인가?"

"병사고 주민이고 사람이란 사람은 다 동원하면 불가능할 것도 없지요. 더군다나 저들은 어차피 성 밖으로 나올 일이 없을 테니 그다지 복잡한 작업도 아니었을 겁니다."

제이든은 눈앞이 캄캄해지는 것을 느낀다.

결사항전에도 분명히 한계가 존재했기 때문이었다.

"어찌할까요?"

"일단 이곳에 진을 치고 퇴로를 물색하도록 하지. 배를 띄울 수만 있다면 해볼 만한 싸움이 될 테니."

"알겠습니다. 지금 당장 수색대를 파견하여 주변을 샅샅이 뒤지겠습니다."

"그렇게 해주게나."

신속히 임시 주둔지가 편성되고 수색대가 켈린 근방을 수색하기 시작했다.

*   *   *

켈린 장애물지대 근방에 잠복하고 있던 특작조가 수색대의 동태를 살피고 있다.

"저들이 움직입니다."

"신호탄을 쏘아 올려라."

"예."

궁수가 불이 붙은 장궁에 활시위를 먹였다.

피융!

강가의 수면 위로 불화살이 피어오름에 따라 제국군 특작조 열 개 조가 작전에 돌입한다.

각각 20명의 수색대을 각개격파시키기 위한 덫이 있는 숲에서 제1조가 모습을 드러낸다.

스르륵······.

수풀이 움직이는 소리에 수색대가 촉각을 곤두세운다.

"사람인가?!"

"모두 정지!"

이윽고 1조에서 미끼를 담당한 병사가 전력으로 달리기 시작한다.

팟!

"저쪽이다!"

수색대의 존재가 적에게 알려진다는 것은 썩 달가운 일이 아니다.

정보전이 생면인 전장에서 수색은 가장 큰 부분을 담당하기 때문이다.

"잡아라!"

수색대원 중에서 사냥꾼 출신이 물맷돌을 꺼냈다.

붕붕붕······!

휘리릭!

"크헉!"

다리에 물맷돌이 감겨 버린 제국군 특작조를 향해 수색대원들이 득달같이 달려든다.

"생포해서 데리고 간다!"

"예!"

그때였다.

철컥!

"크아악!"

"덫이다!"

"뭐? 덫?!"

수색대가 움직이는 곳마다 덫이 있어 한 발 한 발 떼기가 어렵다.

"더 이상 움직이지 마라! 우리가 온 곳으로 다시 되돌아가야 한다!"

이미 대원 다섯이 발이 잘려 나갔고, 그중에 한 명은 쇼크로 쓰러진 상태였다.

수색대원들의 발이 묶이고 나자, 바로 사방에서 화살이 날아온다.

핑핑핑!

"크허억!"

"매복?! 이런 빌어먹을!"

후회해도 때는 이미 늦은 다음이었다.

특작조원들은 수색대에게 집중적으로 화살을 날렸고, 수색대는 불과 5분 만에 전멸하고 말았다.

숨을 거둔 수색대원들의 옷을 벗긴 특작조원들이 군복을 바꾸어 입었다.

피가 묻은 곳은 흙으로 덮거나 풀로 즙을 내 물들였다.

병사 하나하나의 신변까지 알아볼 수 없는 것이 현실, 이대로라면 침투는 따 놓은 당상이나 다름없다.

준비를 모두 마친 조장이 결연한 의지를 불태운다.

"만약 발각되면 어떻게 처신해야 한다는 것은 다들 잘 알고 있겠지?"

조원들은 독약이 든 작은 유리병을 꺼냈다.

"그나마 고통 없이 죽을 수 있다니, 얼마나 다행입니까?"

"후후, 그러게 말이야."

첩자로 붙잡히면 온전히 죽을 수도 없다는 사실을 너무나도 잘 알고 있는 제국군에서 지원한 독약은 최소한의 배려였다.

"가자."

"예!"

최대한 기척을 죽인 채 특작조가 연합군 진영으로 향했다.

*   *   *

연합군 사령관 막사에 보냈던 척후가 도착했다는 소식이 들려온다.

"장군, 수색작전이 성공적으로 종료되었다고 합니다."

"보고를 받겠네. 그들을 데리고 오게."

"예."

잠시 후, 제이든의 앞에 20명의 수색대가 경례를 올린다.

척!

"연합군에게 영광이!"

"그래, 수색은 어떻게 되었나?"

"다행이도 성공적으로 잘 끝났습니다."

"퇴로는 어느 방향에 있던가?"

"북동쪽 산길을 따라 계곡이 형성되어 있습니다. 그쪽으로
는 병사들이 배치되어 있지 않은 것 같았습니다. 다만, 차후
에 카미엘이 무슨 짓을 벌일지 모르니 그곳은 보류하는 곳이
좋을 것 같습니다."

"흐음……. 협곡이라?"

"은신하기엔 좋습니다만, 그만큼 적군이 은신하기도 좋다
고 판단됩니다. 위험순위로 따지자면 1위라고 해도 과언이
아닙니다."

"그렇군."

제이든은 서서히 고뇌에 잠기기 시작했다.

"또 다른 퇴로는 없었나?"

"그 외에 총 세 개의 루트가 있습니다. 하나는 서쪽 개활지
를 따라 이동하는 것입니다. 하지만 그것은 적에게 발각될 우

려가 깊습니다. 두 번째는 남서쪽 오솔길입니다. 해안으로 빠져나가는 가장 빠른 길이지만 길이 좁아서 만일의 사태에 대비하기 힘듭니다. 그리고 마지막으로는 남동쪽 엘살라 강에 배를 띄우는 것입니다. 하지만 이렇게나 많은 대군이 배를 띄우기엔 적당하지 않다고 생각합니다."

결론적으론 그 어떤 곳도 안전한 퇴로가 없다는 소리였다.

"그대가 생각하기에 가장 적당한 퇴로는 어디라고 생각하는가?"

"만약 제가 군사를 이끈다면 북동쪽 산길을 선택하겠습니다."

"그쪽은 가장 위험한 곳이라며 꼭 기피해야 한다고 말하지 않았던가?"

"그렇습니다."

"하지만 그곳이 가장 안전하다고 생각하는 이유는 무엇인가?"

"등잔 밑이 가장 어둡다고 했습니다. 협곡을 따라 이동하는 것이 가장 효율적이라고 생각합니다."

"카미엘이 설마하니 그곳에 대놓고 매복할 리가 없다?"

"바보가 아닌 이상, 지금 이 상황에서 병사를 빼내어 성 밖으로 내보내겠습니까?"

"흐음……."

제이든은 물론이고 참모진이 듣기에도 그의 말은 전혀 틀린 구석이 없었다.

"확실히 자네의 말에 일리가 있군."

"시간이 없으니 가장 빠른 길로 가는 것이 유리하지 않겠습니까?"

"그렇지. 우리에게 중요한 것은 시간이지. 진군속도가 빨라야 살아남을 가능성이 있어."

국가 전력의 80% 이상이 참전한 총력전에서 밀린다는 것은 제국에게 정복전쟁의 빌미를 제공하는 꼴밖에 되지 않는다.

제이든은 신중히 고민을 거듭한 끝에 드디어 결단을 내린다.

"북동쪽 협곡을 이용해 이곳을 빠져나간다."

"정말 매복의 위험을 감수하면서 진군하실 겁니까?"

"양옆으로 선발대를 보내어 매복을 견제하며 지나가면 된다. 그래 봐야 다른 길보다 절반은 짧으니 충분히 탈출할 수 있어."

장수들과 참모진은 그의 명령에 따라 군을 편성하기로 한다.

"1군은 좌현, 2군은 우현을. 그리고 3군이 척후와 후방을 나누어 담당하면 되겠군. 어떠한가?"

"그리하시지요."

"대신 언제 어디서 전투가 벌어질지 모르니 진군은 날이 밝으면 시작하겠네."

"알겠습니다. 그리 준비하겠습니다."

전면전은 최대한 피해야 하는 입장이 이렇게 순식간에 바뀔 것이라고는 전혀 생각지도 못한 제이든은 깊은 한숨을 내쉰다.

"내가 칼번을 너무 과소평가했던 모양이군."

"어찌 되었건 간에 우리가 국경지대까지 가기만하면 전력은 엇비슷합니다. 그러니 너무 심려치 마시지요."

"고맙네."

부하들의 작은 위로도 그의 부담감을 지워낼 수는 없다.

하지만 이제 곧 군사들이 움직일 테니 그런 짐들은 속으로 삼켜야 한다.

군부의 수장이 흔들리면 군사들의 사기는 바닥을 치기 때문이다.

수장이라는 자리는 역시 고독한 길의 연속인 듯하다.

*   *   *

망루에 오른 카미엘이 연합군의 동태를 살피고 있다.

"우리의 작전이 먹혀든 모양이군. 저들이 북동쪽으로 움직이고 있다."

그의 곁에 서 있던 전령이 붉은색 깃발을 높게 들어 올린다.

붉은색 깃발을 본 각 망루에서 같은 색의 깃발을 들어 올렸고, 마지막으로 깃발을 들어 올린 망루의 기수는 곧장 성에서 내려와 숲을 향해 내달리기 시작한다.

그렇게 약 한 시간을 달렸을 때, 미리 말을 타고 대기하고 있던 전령이 깃발을 전해 받았다.

"달리시게."

"전력을 다하지."

채찍을 손에 쥔 전령이 한 손에 말을 쥔 채 전력질주를 시작한다.

"이랴!"

짜악!

엉덩이를 후려 맞은 말이 놀라서 질주하는 동안, 그는 연신 뒤를 돌아본다.

혹시나 모를 미행이 그를 따라올까 하는 걱정 때문이었다.

그렇게 네 시간을 달려 도착한 협곡에는 3만의 병력이 대기하고 있었다.

"전령이오!"

매복 대기조의 수장이 전서를 받기 위해 달려 나왔다.

"무슨 색인가?"

"붉은색입니다."

"성공한 모양이군."

그는 곧장 투구를 눌러 쓰며 주변의 장수들을 불러 모은다.

"총공격이다. 우리는 이곳에서 죽는 한이 있어도 저들을 끝까지 막아야 한다. 알겠나?"

"예, 장군."

하인트 준남작은 3만의 병력과 함께 오늘 이곳에서 죽겠다는 각오를 다진다.

잠시 후, 다른 한 명의 전령이 도착했다.

"전방에서 적의 척후가 발견되었습니다. 이제 슬슬 매복을 준비하시는 것이 좋을 것 같습니다."

"드디어 때가 왔군. 한스!"

"예, 장군."

"지금 당장 군사들을 매복 대기 장소로 이동시키고 유황병과 화살을 분배하게."

"알겠습니다."

결사항전을 준비하는 그의 눈빛에 결연함이 가득하다.

"무슨 일이 있어도 오늘 밤까지 그들을 이곳에 묶어둔다."

"예, 장군!"

3만의 군사가 일사분란하게 자신의 위치로 향했다.

*   *   *

쿵, 쿵, 쿵……!

저 멀리 켈린 성에서 북소리가 울려 퍼지고 있다.

하지만 연합군은 공성전보다는 지금 당장 병력을 후퇴시킬 궁리에 빠져 있었다.

"카미엘이 눈치챘을까요?"

"챘어도 별수 없지 않나? 이대로 병력들 사이에 끼어 죽는 것보다야 낫지."

"그건 그렇습니다만……."

지금까지 전투란 전투는 모두 승리로 이끈 카미엘이다.

전장에서 무패란 상당히 진귀한 것이며, 아무나 이룰 수 있는 것이 아니었다.

하지만 카미엘은 지금까지 무패의 기록을 가지고 있다.

더군다나 직접 카미엘을 겪어본 연합군의 장수들은 뭐가 그리도 불안한지 계속 그를 신경 쓰고 있었다.

"혹시나 뭔가 따른 마음을 품고 있는 것은 아니겠지요?"

"척후들이 보고한 것에 의하면 그럴 리가 절대 없다. 눈으로 직접 본 것을 믿지 않으면 과연 무엇을 믿으리오? 그렇지 않은가?"

"장군의 생각이 그러하시다면 다행입니다만……."

사람에게는 각자 특유의 육감이라는 것이 존재한다.

하지만 제이든은 그런 사람의 육감보다는 현실적으로 눈에 보이는 데이터에 관심을 갖는다.

"퇴로가 있다는 것은 희망이 살아 있다는 거야. 우리는 모두 살아서 이곳을 나설 수 있다."

그러나 오랜 세월 동안 전장을 누빈 장수들은 뭔가 조금 이상하다는 것을 계속해서 피력한다.

"한데, 장군. 뭔가 좀 이상합니다. 아무리 카미엘이라도 뭔가 장치 하나쯤은 반드시 해놓았을 텐데……. 너무 조용합니다."

만약 적장이 다른 사람이었다면 이런 추측을 하지도 않았을 것이다.

하지만 무려 카미엘이라는 희대의 전략가라는 사실이 그들을 불안에 떨도록 만들었다.

제이든은 카미엘의 존재만으로 군의 사기가 이렇게 떨어진다는 사실에 놀랄 수밖에 없었다.

"그렇지 않아. 사람은 허점을 공략할수록 더 큰 승리를 얻게 마련이니까."

"그럼 다행입니다만……."

군사들도 아닌 참모진을 달래가며 진군하던 제이든은 군사들을 잠시 멈출 수밖에 없었다.

"장군! 전방에 적이 출현했다고 합니다!"

"적이? 규모는 어떻게 된다고 하던가?"

"아직까지 규모를 파악하기는 힘들다고 합니다!"

"그렇군. 역시 카미엘은 우리를 가만히 내버려 둘 생각이 없었던 거야."

이번에는 후방 부대에서 전령이 달려왔다.

"장군! 후방에 적이 나타났다고 합니다!"

"후방에? 카미엘이 병력을 둘로 나누었던가? 규모는?"

"약 50만에 달한다고 합니다!"

"50만?!"

그제야 제이든은 자신이 계곡 안에 꼼짝 없이 갇혔다는 사실을 깨닫는다.

"중간에 끼어버린 것인가……?!"

"이제 어찌하면 좋단 말입니까?"

절체절명의 위기, 하지만 제이든은 끝까지 침착함을 유지한다.

"우선 좌우 날개를 담당하는 1군과 2군에게 최대한 길게 퇴로를 차단해놓으라고 전하게. 지금부터는 동시에 계곡 끝까지 진군한다."

"예, 장군!"

순간, 제이든의 뇌리에 20명의 수색대가 스쳤다.

"이번 진격에 가장 큰 역할을 해주었던 수색대는 어디로 갔는가?"

"1군에 소속되어 계속 수색임무를 진행하고 있습니다."

"그들이 아직도 수색을?"

"특진의 기회도 있었습니다만, 묵묵히 수색대에 남을 것을 원했습니다. 그래서 아직 수색대에 남아 있습니다."

지금까지 사람을 온전히 믿어본 적이 없는 제이든은 실소를 흘렸다.

"후후……. 아직까지 나는 경험이 부족한 장수임이 틀림없
다."

"장군?"

그는 고개를 가로저었다.

"아니다. 최대한 신속하게 전투하며 앞으로 나아간다. 알
겠나?"

"예, 장군!"

제이든은 세상에서 가장 무서운 적은 바로 자기 자신이 아
닌가 하는 생각을 해본다.

THE LORD

6장

대련

OF

FANTASY

　모용가 차기 당주를 결정하는 비무가 앞으로 2개월 앞으로
다가온 가운데 모용가에 뜻밖의 사건이 벌어졌다.

　전 당주와 함께 그룹을 여기까지 끌고 오는 데 가장 큰 공
을 세웠던 모용설림이 위중한 상태에 놓였던 것이다.

　모용설림은 항상 가문에는 혁신이 필요하다 여기던 개혁
파로, 모용찬과는 대립되는 성향을 가진 원로였다.

　그런 그에게는 많은 지지자가 있었지만 절대로 회장 자리
에 오르겠다고 생각한 적은 없었다.

　그저 그는 원로의 자리에서 자손들이 올바른 길을 가도록
조언할 뿐이었다.

그런 그의 의견은 그룹 전체에 지대한 영향을 미치는데, 모용설림이 중태 직전에 놓이게 된 것이다.

삐비빅, 삐비빅—

"후욱, 후욱……."

산소호흡기와 생명연장 장치를 몸에 주렁주렁 매단 모용설림은 누가 보아도 위독한 상태처럼 보인다.

"의사는 뭐라고 하던가?"

"길어봐야 한 달? 그 이하가 될 수도 있다고 합니다."

"큰일이군. 지금처럼 그룹이 과도기 상태에 놓였는데 말이야."

"그러게 말입니다. 하필 이런 중요한 시기에……."

모용설림은 뛰어난 무공으로도 유명했지만, 엄청난 인맥으로도 유명했다.

그는 어려서부터 아주 다양한 인맥들을 쌓아왔고, 그의 손길이 닿지 않는 분야가 없을 정도였다.

공안을 비롯해 인민회의 간부들까지. 그의 손을 벗어난 곳은 한 군데도 없었다.

차기 당주를 결정하는 문제에 있어 일련의 줄서기가 벌어지는 바람에 회사가 새로운 사업을 많이 시작했다.

자신들의 입지를 굳히기 위해 일부러 많은 사업을 벌였기 때문이었다.

그런 과정에서 지금 모용설림의 도움이 많이 필요한데, 그가 이렇게 몸져누워 버린 것이다.

"찬이네 집에서는 뭐라고 하던가?"

"그들 역시 난감하긴 마찬가지일 겁니다. 어르신의 도움 없이 쉽게 결과를 보장받을 수 있는 사업이 없으니까요."

"후우……. 걱정이군."

두 집안은 라이벌이기 이전에 같은 그룹에서 사업을 진행하는 회사의 일원이었다.

회장의 입장에서 본다면 그들의 사업 실패가 분명 달가울 리가 없었다.

모용진이 친동생과 집안의 대소사를 논하던 바로 그때였다.

"진아……."

"숙부님?!"

목젖이 보이도록 놀란 모용진이 그의 곁으로 다가갔다.

"이제 좀 정신이 드십니까?"

모용설림이 작게 고개를 끄덕인다.

"…내가 얼마나 누워 있었지?"

"벌써 이주일째였습니다. 저는 꼼짝없이 숙부님의 장례를 치르는 것이 아닌가 하고 긴장했지 뭡니까? 다행입니다."

사람은 자신의 죽을 때를 미리 직감한다고 한다.

특히나 그 특유의 감은 사람이 나이가 많든 적든 상당히 잘 맞아 떨어지는 경향이 있다.

모용설림은 조심스럽게 자신의 최후를 생각해 본다.

"앞으로 난 두 달을 넘기지 못한 채 죽을 거야. 내 명예를 걸고 장담하지."

"그, 그럴 리가 있습니까? 이렇게 건강하신 숙부님이 어째서 숨을 거두신다는 겁니까?"

모용설림의 죽음은 혼란을 가져올 뿐, 좋을 것이 하나도 없었다.

"조금만 더 오래 계실 수는 없는 겁니까?"

"허허……. 그거야 신께서 허락하신다면 가능하겠지."

하지만 지금까지 세상을 많이 겪어 온 모용진은 신이 얼마나 인색한 인물인지 너무나 잘 알고 있었다.

아마 여기서 그의 편을 들 신은 아무도 없을 것이다.

"아무래도 내가 살아 있을 때 최대한 많은 것을 남겨두어야 할 것 같아. 그렇지 않으면 형님께서 상당히 슬퍼하실 것 같아서 말이야."

"이미 지금도 충분히 많이 남기셨습니다."

그는 고개를 가로저었다.

"아니, 아직 멀었지. 나와 형님께서 꿈꾸었던 회사는 아직 만들지도 못했거든. 하지만 최소한 그 기틀을 만들어 줄 수는 있겠다 싶어 열심히 했던 거야. 이젠 그 기틀을 완성시킬 때가 온 것 같구나."

모용설림이 떨리는 손으로 모용진을 가까이 부른다.

"아무래도 비무를 시작해야 할 것 같구나……."

"가까운 시일 내에 말입니까?"

"그래, 최대한 빨리. 그래야 내가 차기 당주인 너희 아들들에게 뭔가 남겨줄 수가 있다."

"하지만 아직 준비가……."

"세상의 그 어떤 총수도 완벽할 수는 없다. 다만 집안의 법도에 따라 완벽에 가까운 인물을 뽑을 뿐이지."

사실, 모용진도 모용설이 아예 재능도 없었다면 외가로 넘겨버렸을 것이다.

그것이 회장으로서 그의 도리였기 때문이다.

하지만 지금 화수의 말을 들어보면 그런 것이 절대 아니었다.

오히려 운동신경과 두뇌회전이 타의 추종을 불허할 정도였다.

모든 것이 완벽한 지금, 모용설을 회장의 자리에 한 번 앉혀 보는 것이 꿈이 아니게 되었던 것이다.

"이곳 모진은 비단 우리 어른들만의 공간이 아니잖니. 앞으로 대대손손 이곳에서 웃고 떠들며 살아갈 텐데, 그 기반은 최대한 풍성하게 꾸며놓아야지. 그렇지 않니?"

"그렇지요. 하지만 숙부님께서……."

"솔직히 내가 살아봐야 얼마나 살겠니? 이제 나도 형님 곁으로 가서 편안하게 쉬고 싶구나."

언젠가부터 죽음이라는 말을 참으로 즐겨서 쓰는 모용설림이다.

그가 생각하기에 죽음이야말로 자신이 생각하는 가장 완벽한 안식인 모양이었다.

"부디 그전에 차기 당주를 정해 주었으면 좋겠구나. 이 늙은이의 아주 작은 소망이야."

모용진이 작게 고개를 끄덕였다.

*   *   *

모용가의 종친회가 열렸다.

이번에는 그룹에 영향력을 행사하지 않는 노인들까지 전부다 모여 꽤나 시끌벅적하다.

"모두 모이셨으면 종친회를 시작하겠습니다."

현 당주인 모용진에게로 모든 이목이 집중된다.

"다들 아시겠지만 현재 모용설림 어르신께서 위독한 상태에 놓여 계십니다."

"크흠……. 그 양반이 기어이 그렇게 되셨구먼."

"그래서 어르신께서는 당신이 가지고 계신 인맥들은 물론이고 사업적 기반을 모두 차기 당주에게 물려주고자 하십니다. 지금의 우리보다 더 나은 당주를 만들기 위함이시죠."

모용진이 모용찬을 응시한 채 말을 이어나간다.

"아무래도 비무를 조금 앞당겨야 할 것 같습니다. 어르신께서 승천하시기 전에 일을 치르자면 시간이 빠듯하군요."

"하지만 아직 2개월이나 남았는데 부족한 면이 많지 않겠나?"

"부족하면 부족한 대로 결정되는 것이 당주의 자리가 아니겠습니까? 최소한 어르신이 돌아가시기 전에 당주가 결정된다면 그 모자람을 충분히 채울 수 있을 겁니다."

종친회는 차기 당주를 결정하는 데 있어 아주 보수적인 면을 가지고 있었다.

하지만 그것마저 모용설림이라는 사람으로 인해 생각을 바꾸게 만들었다.

"그래, 그 양반의 뜻이 그러하다면 그렇게 해야지."

"모용설림이라는 사람의 기반을 전해 받는다면 그만큼 완벽한 당주가 또 어디 있겠는가? 현 당주도 훌륭하지만 모용설림의 아성을 뛰어넘을 수 없잖나?"

모용진이 종친들에게 되물었다.

"그럼 어르신들께서도 제 의견에 동의하시는 겁니까?"

"그렇게 하게. 우리는 상관없으니."

아무런 말없이 앉아 있던 모용찬이 드디어 입을 연다.

"그렇다면 장소는 이곳 모용문 중앙도장으로 하시죠."

"안 그래도 그렇게 할 예정이다. 이곳이 아니라면 차기 당주를 결정하는 신성한 의식을 치를 곳이 또 어디 있겠는가?"

"그럼 이곳에서 정확히 일주일 후에 만나는 것으로 합시다. 기왕지사 빠르면 빠를수록 좋은 것이니까요."

"그렇게 하지."

이렇게 하여 원래 비교적 먼 시일이 걸릴 것으로 보였던 비무가 불과 일주일 앞으로 다가왔다.

*   *   *

화수는 모용진에게 너무나도 뜻밖의 소식을 들어서 조금은 황당한 표정을 지었다.

"이제 겨우 진검으로 연습을 시작했는데 비무라니, 너무 무리하는 것 아닌가 하는 생각이 드는군요."

"하지만 어쩔 수 없습니다. 숙부님께서 원하신 일이고 종친들도 인정했습니다. 이대로 비무를 더 미룰 수가 없군요."

엄연히 따지면 남의 집안일에 화수가 더 이상 왈가왈부할 수는 없는 노릇이다.

"알겠습니다. 그럼 설이를 남은 일주일이라도 더욱더 철저히 훈련시켜 중국으로 데리고 가겠습니다."

"잘 부탁드리겠습니다."

"별말씀을요. 하지만 확실한 것은 지금 설이는 예전의 설이와 전혀 다르다는 겁니다."

멀리서 모용설을 지켜보는 모용진은 화수의 말에 절감하

고 있었다.

"확실히 눈빛부터가 다르군요. 초식도 거의 완성형에 가까운 것 같고."

"설이는 천재가 분명합니다. 그렇지 않고선 저 정도 완성도가 나올 수가 없지 않습니까?"

모용진이 뿌듯한 미소를 짓는다.

"이럴 땐 정말 우리 집안 아들이 맞다는 생각이 드는군요."

"원래부터 모용진의 차기 당주는 설이였습니다. 다른 누구도 저 아이만큼 제대로 당주 노릇을 할 아이는 없을 겁니다."

그는 화수에게 그저 말없이 고개를 숙였다.

*　　　*　　　*

평소보다 거친 훈련이 계속되자, 조금 의아했던 모용설은 훈련이 끝나고서야 그 이유를 알게 되었다.

"민이와의 비무가 일주일 남았다니……."

"긴장되는 모양이구나."

그가 아주 작게 고개를 끄덕였다.

"자신이 없는 것은 아닙니다만 생명을 걸고 싸우는 비무가 못내 긴장되는 것은 사실입니다."

"생과 사를 구분 짓는 추검이다. 하지만 이번만큼은 인정사정 보지 말고 검을 써야 할 거야. 그게 네 아버지와 집안을 위하는 길이야."

"알겠습니다. 최선을 다하겠습니다."

아버지에게 소식을 들은 모용화가 산비탈을 뛰어올라온
다.

"설아!"

"누나?"

"아버지께 말씀 전해 들었어. 다음 주에 중국으로 올라간
다면서."

"응. 나도 방금 전에 들었어."

그녀가 걱정스러운 표정을 짓는다.

"혹시 불미스러운 사고가 일어나진 않겠지?"

화수는 그런 그녀를 장난스럽게 나무란다.

"거 참, 시작도 전에 재수없는 소리 할 겁니까? 부정 타니
까 그런 소리 하지 마십시오."

그러자, 그녀가 재빨리 입을 가린다.

"어머, 내가 지금 뭐라고 한 거야? 요 입이 방정이지!"

연신 자신의 입을 손으로 툭툭 치는 그녀를 보며 모용설이
쓰게 웃었다.

"그렇게까지 자책할 필요는 없어. 다치지 않도록 내가 주
의할 테니까."

"그렇지? 우리 설이가 그깟 애늙은이에게 질 리가 없지."

화수는 모용설의 어깨에 손을 올렸다.

"최선을 다하는 것도 좋지만 무조건 이겨야 한다는 압박은 갖지 말아야 해. 최대한 편안하게 비무에 임하는 것이 가장 중요하단다."

"예, 알겠습니다. 사부님."

아주 조심스럽게 조언을 해주는 화수에게 그녀가 퉁명스럽게 말했다.

"그게 어디 말처럼 쉽나? 그게 그렇게 쉬웠으면 아무나 다 당주하지."

"어려우니까 조언해 주는 것 아니겠습니까? 하여간 눈치 참 없다니까."

"뭐예요?!"

역시 오늘도 그녀는 화수에게 버럭 화를 낸다.

하지만 화수는 오늘만큼은 더 이상 반박하지 않는다.

앞으로 이런 투정을 받아줄 날도 얼마 남지 않았기 때문이었다.

"아무튼 어서 내려갑시다. 비무는 비무고 밥은 먹어야 할 것 아닙니까?"

"찬성입니다!"

배에서 꼬르륵 소리가 연신 흘러나오는 것을 보니 모용설의 식사시간이 다 되어 가는 모양이다.

*   *   *

모용설이 바로 다음 주에 중국으로 올라간다는 소식에 하숙집 식구들이 못내 아쉬운 표정을 짓는다.

"벌써 중국으로 간다니, 너무 아쉬운데?"

"그동안 다들 신세 많이 졌습니다. 언젠가 다시 한국으로 올 기회가 있다면 꼭 다시 뵙고 싶네요."

"그래. 살아 있다면 언젠가는 만나게 되겠지."

그와 동시에 하숙집을 나가게 될 화수에게도 이목이 집중된다.

"설이가 중국으로 올라가면 화수 씨도 이곳을 떠나게 되겠군요."

"그렇겠지요. 설이가 없는데 이곳에 굳이 머물 이유가 없으니까요."

정윤희가 가장 아쉬워하는 눈치다.

"오랜만에 마음 맞는 술친구가 생겨서 좋았는데, 아쉽게 되었군요."

김민희 역시 고개를 그녀의 말에 공감한다.

"그러게 말이죠. 이번 주말 데이트가 우리의 마지막이네요?"

데이트라는 말에 잠자코 앉아 있던 모용화가 흠칫 놀라 두 사람을 번갈아가며 바라본다.

화수는 그런 그녀를 전혀 의식하지 않은 채 대화를 이어나간다.

"저는 한국에 있을 테니 만나고자 하면 언제든 못 만나겠습니까? 옷깃만 스쳐도 인연이라는데 한 지붕 아래 살았으니 앞으로도 자주 연락하면서 지냈으면 좋겠습니다."

"그래요. 이곳을 나가도 서로 메신저로 연락하면서 지내요."

SNS가 활성화된 요즘이라면 서로 연락이 끊어질 일은 절대로 없을 것이다.

다만 실제로 얼굴을 보는 것이 힘들 뿐이다.

"그럼 오늘 밤은 술이나 한 잔씩 할까요?"

"좋지요."

정윤희의 제안으로 인해 술자리가 만들어졌다.

*　　　*　　　*

정윤희는 오리를 두 마리나 잡고 농어회에 문어까지 삶았다.

김민희를 비롯한 하숙집의 모든 여자가 정윤희를 도와 요리를 준비하고 남자들은 장작불을 피우고 술판을 만들었다.

그리하여 거나하게 차려진 술자리에 하숙집 사람들이 모두 모여들었다.

평소에는 식사시간 대가 달라 전부 모이기가 힘들었는데

다 모이고 나니 꽤나 시끌벅적하다.

"다 모이셨으면 한 잔씩들 하시죠."

내일 훈련은 늦은 아침에 시작할 예정이었기에 모용설도 술자리에 참석했다.

하지만 그는 술을 마실 수 없는 나이이기에 음료수로 잔을 채웠다.

"모용설의 건승을 위하여!"

"위하여!"

사람과 술, 그리고 대화와 정이 있는 자리는 상당히 화기애애하다.

모용설에게 술을 권하는 손길이 다소 있었지만 모용화가 사전에 전부 차단하는 바람에 음주가 이뤄지지는 않았다.

화수의 곁에 앉은 김민희가 그에게 물었다.

"화수 씨는 결혼을 언제쯤 할 생각인가요?"

"흐음……. 글쎄요. 결혼에 대해서 깊게 고민해 본 적이 없어서 잘 모르겠습니다. 솔직히 지금 여자 친구도 상당히 괜찮은 사람이긴 합니다만, 아직 결혼까지 생각해 본 적이 없어서 말이죠."

"그래요?"

어느새 화수가 있는 쪽으로 고개를 기울이고 있던 모용화는 그와 눈이 마주치자마자 짐짓 모르는 척한다.

"흠흠! 설아, 고기가 다 익었어."

"알아. 지금도 먹고 있어."

"그, 그래?"

고개를 갸웃거린 화수가 계속해서 대화를 이어나간다.

"그럼 김 선생님께서는 결혼에 대해 어떻게 생각하십니까? 아직 애인은 없으신 것 같은데."

그녀가 씁쓸하게 웃는다.

"얼마 전까지만 해도 애인이 있었어요. 무려 3년을 사귀었죠. 그런데 돌아서니 정말 남이더군요."

"그건 좀 타격이겠군요."

"맞아요. 특히나 저같이 나이가 찰대로 찬 여자에게 3년이란 시간은 적은 시간이 아니거든요."

"그 이후로는 만남을 갖지 않고 계시고요?"

"간간히 선자리가 들어오는데 다들 거기서 거기네요. 능력이 좋다 싶으면 성격이 안 좋고, 성격이 좋다 싶으면 얼굴이 너무 아니고……."

"사람 인연이라는 것이 어디 그렇게 쉽게 이어지나요? 백번의 선자리보다 한 번의 술자리가 나을 때도 있는 것처럼 말이죠."

어느새 술을 몇 잔 마신 김민희가 농익은 미소를 짓는다.

"후후, 어떨 때 보면 화수 씨는 연상의 남자 같은 느낌이 든다니까요."

"제가요?"

"생긴 것은 안 그런데 말투가 워낙 완숙해서 그런지 연상처럼 느껴질 때가 많아요."

"이것 참, 칭찬으로 들어야 할지 어떨지 애매하군요."

김민희의 의견에 유영화가 공감한다는 듯이 말을 보탠다.

"맞아요. 화수 씨는 말투가 너무 완숙해서 나 역시 헷갈릴 때가 많아요."

"그렇군요."

"그런 스타일은 연상에게 인기가 많아요. 명심하세요."

"그럼 방금 전까지의 말은 전부 칭찬으로 알고 있겠습니다."

"받아들이는 것은 화수 씨의 자유죠."

자연스럽게 연상의 여인들과 말을 섞는 화수에게 모용화가 물었다.

"그럼 그쪽은 어떤 스타일인가요?"

"뭐가 말입니까?"

"연상의 여인이 좋아요, 연하의 여인이 좋아요? 아님 동갑?"

화수가 고개를 가로저었다.

"저는 그런 기준을 딱히 정해둔 사람은 아닙니다. 느낌이 좋으면 그만이지 연상이니 연하니 그런 선은 중요하지 않다고 생각합니다."

"아, 그래요? 카사노바 씨?"

그는 황당하다는 표정을 짓는다.

"뜬금없이 왜 사람을 난봉꾼으로 만드는 겁니까? 내가 뭘 잘못했다고."

"흥! 이 여자고 저 여자고 다 좋다고 하니 그렇죠. 남자가 줏대가 없어? 연하면 연하고 동갑이면 동갑이지."

"내가 내 취향대로 살겠다는 것이 그렇게 큰 문제인 줄은 몰랐습니다."

"그걸 이제야 알았다니, 당신도 멍청하긴 멍청하군요."

화수가 고개를 가로젓는다.

"머리가 아프군요. 아무튼 나는 당신과 다릅니다. 조금은 오픈마인드라고요."

"네네, 평생 그렇게 난봉꾼으로 사세요."

그런 두 사람의 모습을 보며 김민희와 유영화가 실소를 흘린다.

"너무 사이가 좋은 것 아니에요?"

"누가요? 저 사람과 제가요?"

"사이가 나쁘면 싸울 일도 없어요."

모용화가 고개를 가로젓는다.

"에이, 말도 안 돼요. 내가 이런 형편없는 사람과 사이가 좋다고요? 그럴 리가 없어요."

"…미안합니다. 형편없는 남자라서."

그런 그녀에게 김민희가 짐짓 큰 소리를 낸다.

"아, 그럼 나는 화수 씨랑 마음 놓고 데이트해도 되겠다."

화수는 그런 그녀의 말에 멋쩍어 웃었다.

"데이트까지야……."

"어차피 함께 하루 동안 지내는 김에 데이트 기분 좀 내면 안 돼요?"

"아니요, 그런 것은 아니지만……."

"그럼 콜!"

모용화는 그런 두 사람의 대화에 계속 귀를 기울이고 있었다.

*　　　*　　　*

토요일 저녁, 모용설은 몇 개 있지도 않은 짐을 챙기며 못내 아쉬운 표정을 짓는다.

"이대로 한국을 떠나는 겁니까?"

"아쉬우냐?"

모용설이 고개를 끄덕인다.

화수는 그런 그를 달래듯 말했다.

"이 세상에는 여러 가지 이별이 있단다. 사랑하는 남녀가 원치 않게 이별하는 일, 그리고 지기들이 서로의 꿈을 위해 이별하는 일. 때론 누군가 죽어서 이별하는 경우도 있지."

태어나 처음으로 제자를 키운 화수는 자신이 아는 한 가장 좋은 얘기들로만 그의 기억을 채워주고 싶었다.

"사람은 살아 있으면 언젠가는 반드시 만나게 되어 있어. 그런 것을 인연이라고 표현하는 것이란다."

"살아만 있다면……."

"그러니 각자의 자리에서 최선을 다하며 지낸다면 언제고 다시 만날 수 있는 날이 분명히 올 거야."

"예, 알겠습니다. 저도 그럼 제 자리에서 최선을 다하겠습니다. 그럼 언젠가 이 사람들을 다시 만날 수 있겠지요."

"그래, 그런 마음가짐이야."

화수 역시 수많은 이별을 겪었고, 다시는 만날 수 없는 사별도 경험해 보았다.

그런 그가 어린 모용설에게 해줄 수 있는 것은 인생의 허상보다는 희망을 주는 것이었다.

짐을 모두 챙긴 모용설이 화수에게 물었다.

"다음 주 비무에서 이긴다면 저는 어떻게 되는 겁니까?"

"당연히 차기 당주로서 유학을 떠난다거나 일찌감치 경영에 참여하게 되겠지."

"그럼 사부님과는 떨어져야 하는 것 아닙니까?"

그가 이곳을 떠나는데 가장 아쉬운 것은 역시 사부 화수와 떨어지는 것이었다.

"자주 중국을 오갈 것이니 그렇게 걱정할 필요 없다. 그리고 남자는 조금 떨어져 지내는 편이 좋기도 해. 남자가 붙어 있어 봐야 항상 술만 느는 법이거든."

"그런 겁니까?"

화수의 말이라면 곧이곧대로 믿는 모용설에게는 진실 그대로만을 말해 주어야만 한다.

실제로 화수는 남녀든 남남이든 사람이 함께 오래 붙어 있는 것이 어떤 의미인지 잘 알고 있다.

때론 혼자 지내는 고독함 또한 남자를 성장시키는 아주 중요한 밑거름이 된다..

"그럼 사부님과는 한 달에 한 번 꼴로 만나는 것이 좋겠군요."

"후후, 그렇겠지?"

아마 화수는 처음으로 모용설에게서 책임감이라는 것을 느껴 보았는지도 모른다.

그래서 지금 그에게 모용설은 상당히 특별한 존재가 되어 버렸다.

천진난만한 모용설의 얼굴에서 그는 아주 작은 행복감을 느껴본다.

*   *   *

토요일 늦은 오후, 청바지에 윗도리는 가디건을 입은 화수가 삼척 시청 앞에 서 있다.

"조금 늦는군."

화수가 아는 여자들의 대부분 약속시간을 제대로 지키는 법이 없었다.

그것은 어쩌면 여자의 자존심 때문일 수도 있고 원래 여자라는 생물이 느린 것일 수도 있다.

이유야 어찌 되었건 그는 여자가 30분 정도 늦는 것은 그저 애교로 봐 줄 용의가 있었다.

잠시 후, 저 멀리서 김민희가 손을 흔들며 달려온다.

"화수 씨!"

속이 아주 연하게 비치는 시스루 원피스를 입은 그녀의 전신은 아찔함 그 자체였다.

보일 듯 말 듯한 시스루 원피스는 대놓고 문란하다기보다는 남자의 상상력을 자극한다.

그렇기 때문에 어깨나 허벅지를 드러내는 노출보다 더 육감적으로 느껴진다.

"오래 기다렸어요?"

"아니요. 그렇진 않습니다."

"갈까요?"

"예."

삼척 시내에 번화가는 그리 많지가 않다.

그럼에도 불구하고 이곳에서 굳이 데이트를 하자는 이유를 도통 모르겠는 화수다.

"그나저나 삼척에선 뭘 하면 좋습니까?"

"이런……. 혹시 도시에서의 데이트 같은 것을 생각한 건가요?"

그제야 화수는 무릎을 친다.

"아하……! 그러고 보니 이곳은 관광지가 많았지요."

"그래요. 무려 한국에서 가장 큰 동굴이 있는 삼척인걸요?"

화수는 미처 생각조차 하지 못하고 있었지만 삼척은 관광지로서 손색이 없는 도시다.

한국 최대라는 수식어를 무려 두 개나 가지고 있는 삼척이다.

그만큼 연인들이나 가족들이 즐길 거리는 무궁무진하다.

"일단 환선굴부터 가볼까요?"

"좋지요."

화수와 김민희가 환선굴로 향했다.

*　　　*　　　*

한편, 멀리서 두 사람의 행적을 그대로 뒤쫓고 있는 모용화는 연신 혼자 투덜거리고 있었다.

"쳇, 그냥 동네에서 술이나 마신다면서 웬 동굴?"

대한민국 최대 길이 동굴인 환선굴은 삼척의 상징과도 같은 곳이다.

대부분이 산간지방인 강원도의 특성상 수도 없이 많은 석회암 동굴이 존재하지만 환선굴은 그중에서도 단연 독보적인 존재였다.

토요일 오후를 맞아 이곳을 찾은 관광객들로 환선굴 앞은 상당히 붐비고 있었다.

한국은 물론이고 외국에서 찾아든 관광객들도 있었지만 모용화처럼 혼자 온 사람은 아무도 없었다.

"왜 굳이 여행은 다들 짝짝으로 다니는 건데?"

이렇게 많은 인파 속에서 혼자 덩그러니 돌아다니려니 속이 참 쓰리다.

"그나저나 난 왜 여기까지 온 거지?"

어째서 자신이 화수를 뒤쫓고 있는 것인지 그 목적조차 알지도 못하고 있었다.

그저 가슴속에서 그를 따라가라고 시켰을 뿐이지. 자신이 원해서 이곳까지 따라온 것은 아니었다.

동굴에서 찬바람이 불어오고 있다.

"자기야, 바람 불어!"

"이리와. 내가 따뜻하게 안아줄게."

여기저기서 연인들의 애정행각과 가족들의 단란한 모습이 포착된다.

하지만 워낙 이곳이 가족적이고 또 연인들의 여행지 코스로 유명하기 때문에 그다지 신경 쓰는 사람은 없었다.

아니, 자신들의 일행도 챙기기 바쁜데 주변까지 신경 쓸 겨
를이 있을 리가 없었다.

휘이이이잉!

아직 겨울이 되려면 멀었건만, 찬바람이 그녀의 옷깃을 파
고든다.

"…도대체 이렇게 추운 곳에 뭐하러 놀러오는 것인지 모르
겠네!"

만약 그녀가 이곳에 가족들이나 연인과 함께 관광을 왔다
면 이 차가운 바람마저 반가웠을지도 모른다.

하지만 혼자 청승을 떤다고 생각하니 이색적인 풍경도 그
저 쓸데없는 짓거리로 느껴질 뿐이었다.

"으으, 추워!"

동굴이 지상보다 훨씬 추운 것은 당연한 이치다.

하지만 그녀는 화수가 어디로 갈지 예상하지 못했기에 겉
옷을 챙기지 않았다.

그야말로 낭패도 이런 낭패가 있을 수 없었다.

동굴의 특성상 계단이 매우 좁기 때문에 뒤로 되돌아가기
가 참으로 애매하다.

뒤로 관광객이 물밀듯이 밀려들고 있으니 어찌할 도리가
없었다.

이가 딱딱 부딪치도록 추운 가운데, 그녀는 동굴의 가장 깊

은 곳까지 내려왔다.

"지, 진짜 춥네!"

입김이 사정없이 뿜어져 나오는 동굴에 이대로 방치되었다간 꼼짝없이 감기에 걸릴 판이다.

하지만 이내 그녀는 자신의 어깨가 따뜻해져 오는 것을 느낀다.

"여기서 뭐합니까? 그것도 그렇게 얇게 입고서."

너무 추워서 정신을 못 차리고 있었을 뿐, 아까부터 화수가 그녀를 부르고 있었다.

이제야 정신이 번쩍 든 묘용화가 화들짝 놀라 소리친다.

"다, 당신이 여긴 왜⋯⋯?!"

"그건 내가 묻고 싶군요. 도대체 여긴 왜 온 겁니까?"

"그러니까 그게⋯⋯."

화수의 뒤에서 김민희가 불쑥 나타나 그녀의 곁에 섰다.

"뭐예요? 지금 우리 미행한 거예요?"

"미, 미행이라니요?!"

"후후, 그냥 한 번 떠본 것뿐이에요. 뭘 그렇게 놀라고 그래요?"

"크흠! 무슨 사람이 그렇게 짓궂어요? 원래 의사들은 다 그래요?!"

"다 그런 것은 아니지만 당신의 행동을 보고 있자니 도저히 답답해서 참을 수가 있어야지요."

"내, 내가 뭘요?"

김민희가 우물쭈물하는 모용화에게 다가가 속삭였다.

"좋은 남자는 원래 대부분 골키퍼가 있어요. 하지만 그렇다고 골이 안 들어가라는 법은 없죠."

"네?! 그건 너무……."

"용기를 내요. 그렇지 않으면 나라도 확 빼앗아버릴 테니까."

그러면서 김민희가 화수에게 찰싹 달라붙어 팔짱을 끼운다.

"에잇, 추워서 안 되겠다!"

"허, 허엇! 그런……."

"하긴, 이곳이 춥긴 춥지요."

별 대수롭지 않게 팔을 내어주는 화수를 보고 모용화가 따라서 팔짱을 끼운다.

한데 이번에는 화수가 조금 놀랐다는 듯이 그녀를 쳐다본다.

"왜, 왜요? 나도 추워서 그래요."

"그래요? 당신도 추위를 타긴 타는군요."

"물론이죠. 나는 뭐 냉혈동물이에요?"

"하긴, 그렇긴 그렇습니다만……."

괜히 얼굴이 빨개진 그녀가 화수를 거칠게 이끈다.

"어서 가요! 추우니까!"

"어어……?! 왜 자꾸 잡아당기는 겁니까? 넘어질 뻔했잖습
니까?!"

"뭐 그렇게 남자가 행동이 굼떠요?! 어서 움직여요!"

왜 자꾸 화를 내는 것인지, 화수는 연신 고개를 갸웃거린
다.

THE LORD OF FANTASY

7장

노선을 바꾸다

 뒤통수에 적을 달고 싸우며 퇴로를 확보한다는 것은 여러 모로 불리한 측면이 많았다.

 아무리 적은 숫자라곤 하지만 복병이 숨어 있다는 것은 상당한 부담이었으며, 병력의 손실도 만만치 않다.

 무엇보다 중요한 것은 언제 따라잡힐지 모르기 때문에 매 순간이 피를 말린다.

 남부 연합은 중동부 연합과 루멘트 군의 추격을 따돌리기 위해 벌써 이틀째 쉬지 않고 달리고 있었지만 추격은 멈출 생각을 하지 않았다.

 더군다나 끝도 없는 유격전과 복병으로 인한 국지전이 발발하면서 전진은 더디기만 했다.

제이든은 산발적으로 공격을 해대는 특작조로 인해 머리가 다 빠질 지경이었다.

"끝도 없군. 도대체 저 많은 병력은 어디서 튀어나오는 거야?!"

"실제 우리가 죽인 병력은 그리 많지 않습니다. 너무 자주 튀어나와 문제일 뿐이지요."

연합군이 죽인 적 특작조의 숫자는 많아봐야 1만도 채 되지 않았다.

워낙 산발적으로 나타나는 바람에 물량공세라고 생각할 수밖에 없었던 것이다.

"아무튼 이곳은 무조건 뚫어야만 우리가 사는 곳이다. 전방에 퇴로는 발견하였는가?"

"총 세 개의 퇴로가 있습니다. 이대로 일주일만 진군하면 우리군 진영으로 들어 갈 수 있습니다."

"그 길은 안전하겠지?"

"만약 카미엘이 미래를 볼 수 없다면 그럴 수도 있겠지요."

"좋다. 죽이 되던 밥이 되던 이곳을 최대한 빨리 빠져나가고 생각하지."

"예, 알겠습니다."

막다른 골목에 몰린다는 것이 얼마나 위험천만한 일임을 제이든은 너무나도 잘 알고 있었다.

바다야말로 막다른 골목이지만 더 이상 좋은 선택은 있을 수가 없었던 것이다.

"장군! 척후들 중, 일부가 돌아오지 않습니다!"

"제길……. 또 시작인 모양이군."

척후병이 돌아오지 않는다는 것은 전방에 또 적이 출현했다는 소리였다.

도대체 오늘만 국지전이 몇 번 일어났는지, 미처 손으로 세지도 못할 정도였다.

하지만 얼마나 많은 병력이 있는지 모르는 상태에서도 진군은 계속될 수밖에 없다.

"퇴로를 확보하지 못하면 어차피 죽는다! 진군하라!"

"예, 장군!"

기마대가 협곡을 가로질러 먼저 달려나갔고, 보병들은 주변을 경계하며 전진했다.

제이든은 천인대장들을 끊임없이 독려한다.

"전진하라! 낙오되는 병사들은 짐마차에 실어서라도 강행군을 유지한다!"

벌써 삼 일째 잠을 못자서인지 낙오자들은 점점 늘어만 가는 중이었다.

하지만 그래도 진군을 멈추지 못하는 것은 어쩔 수 없는 현실이었다.

바로 그때였다.

"장군! 후방에서 전령이 도착했습니다!"

"전령이?"

후방은 적의 진군을 제지하며 본대를 따르는 제3군 병력이었다.

그들에게서 전령이 도착했다는 것은 그다지 좋은 소식은 아니었다.

"무슨 일인가?"

"장군! 지금 아르테미스의 군대가 3군을 괴멸시켰습니다!"

"3군이?!"

무려 15만이나 되는 군사들이 속절없니 죽어 나갔다는 것은 전력의 차이가 점점 더 벌어지는 것을 의미한다.

"제기랄!"

이제는 더더욱 쉴 수가 없었다.

"제2군에서 병력 500을 조달해 최전방으로 급파하라! 지금 당장 우리가 쓰고 정박시켰던 수송선들을 준비시킨다!"

"하지만 그 병력이 전멸당하는 것은 시간문제입니다."

"어쩔 수 없다. 최선을 다하는 수밖에. 가능한 모든 수단을 다 동원한다!"

"예, 장군!"

이제부터는 전투에서 승리하고 패배하는 것이 중요한 것이 아니었다.

이곳에서 살아서 나가느냐 그렇지 못하느냐의 문제일 뿐

이었다.

*　　　*　　　*

　무려 100만이 넘는 병력이 남부 연합을 추격하고 있다.

　두구두구두구두구……!

　그것도 중동부 연합이 이끄는 20만의 기마대는 이미 절반 이상 거리를 좁힌 상태였다.

　"장군! 적의 3군 병력을 모두 정리했습니다!"

　기마대는 연합군 병력 15만을 이미 주살한 상태였고, 사기는 하늘 높은 줄 모르고 치솟는 중이었다.

　"적의 선봉은 어디까지 도달했다고 하던가?"

　"첩자의 보고에 의하면 이제 반나절이면 해안가에 도착할 것으로 보입니다."

　"반나절이라……."

　"우리보다 빨라봐야 몇 시간 안 됩니다."

　중동부 연합군 사령관인 유켈린은 전투를 최대한 피하기로 한다.

　"기병은 지금 이대로 거리를 유지하며 적을 추격한다. 꼭 적을 주살하겠다는 의지는 버려라. 더 이상 우리 군이 피해를 입어서는 안 된다."

　"예, 장군."

중동부 연합은 루멘트 제국과 국혼으로 묶인 상태였지만 그것은 어디까지나 그들의 전쟁은 아니었다.

그렇기 때문에 여기서 피해를 입는 것은 국익에 큰 영향을 미치는 것일 뿐이다.

아르테미스는 적을 잡아 죽이겠다 혈안이 되어 있었지만 그것은 그의 생각이지, 유켈린과는 전혀 상관이 없었다.

"전투가 끝나면 해상전투에는 참가하지 않도록 한다."

"전함에 탑승하지 않는다는 말씀입니까?"

"당연한 소리. 우리가 그곳까지 따라가서 무슨 부귀영화를 누리겠다는 것인가?"

적당히 동맹 간의 의리만 지키면 그만이다.

유켈린은 쓸데없는 오기 때문에 자신의 병사들을 죽이는 멍청한 장수가 아니었다.

"아르테미스에겐 뭐라고 전해야 합니까?"

"애초에 우리는 적을 루멘트 영토 밖으로 밀어내는 역할로 투입된 것이다. 지금 이대로도 충분히 도리를 다한 셈이지."

"그들이 납득할까요?"

"안 하면 어쩔 건가? 우리와 전쟁이라도 할 텐가?"

"하긴……."

"걱정하지 말고 자신의 안위만을 생각하라. 그게 국익에 도움이 되는 일이다."

"예, 장군."

유켈린은 기마대의 추격속도를 적당히 조절하면서 말을 달렸다.

*　　　*　　　*

아론은 실비아가 칼리어스로 오고 있을 때, 이미 서부연안으로 함대를 움직이고 있었다.

제국군은 그것이 시리스군을 압박하는 것으로 여겼고, 그는 그저 위협용으로 군을 움직일 뿐이라고 제국군을 이해시켰다.

하지만 그것은 아르마니를 속이기 위한 책략일 뿐이었다.

그는 이미 중동부 연합이 아르웬으로 진격하고 있음을 알고 있었으며, 칼번이 어떤 전략을 구사할지 예상하고 있었다.

그렇기 때문에 50척의 철갑선을 미리 서부연안으로 파견해두었던 것이다.

텔레포트 마법진을 이용해 기함에 승선한 아론은 배를 연안에 정박시켰다.

"지금부터 방어진을 펼쳐 연합군을 돕는다. 그리고 기병대와 몬스터군단은 제국군의 특작조를 모조리 쓸어버린다."

"예, 영주님."

이윽고 무려 1000톤이 넘는 배의 지하실에서 몬스터들과 기병들이 쏟아져 내려왔다.

특수 제작한 플라스틱 갑옷으로 무장한 라이칸스로프와 아울베어가 엘리오스의 명령을 기다린다.

티타늄으로 무장한 중갑기병들 역시 총사령관인 아론의 명령만 기다릴 뿐이었다.

배에서 내린 아론이 아울베어의 등에 올라탔다.

"크르릉……."

이 녀석은 아론이 새끼 때부터 영주성 앞마당에 풀어놓고 키우던 몬스터로, 아직까지 아론을 어미로 생각하고 있었다.

"좋아, 충식아. 오늘은 원 없이 달려보는 거야."

아울베어 충식이 아론의 발을 살짝 깨문다.

곰의 몸에 부엉이 머리를 달고 태어난 아울베어이지만 부리 대신 날카로운 이빨을 가지고 있었다.

하지만 그것은 애정표현일 뿐, 아론의 발을 실제로 깨무는 행위는 아니었다.

아론이 충식이의 갈기털을 쓰다듬으며 말했다.

"달려라!"

"쿠아아앙!"

그러면서 그는 옆구리에서 검을 뽑아 들었다.

챙!

"돌격!"

"와아아아아아!"

총 3000명의 기병대와 500마리의 몬스터군단이 전력으로 해안가를 내달리기 시작했다.

*　　　*　　　*

서부연안 협곡 고지에서 적군을 기다리고 있던 하인트는 태어나 처음으로 라이칸스로프와 아울베어라는 몬스터들을 실물로 보았다.

"쿠아아앙!"

촤락!

"크허억!"

"막아라!"

하인트 역시 몬스터군단의 엄청난 위용에 그저 경악을 금치 못했다.

그리고 잠시 후, 그의 머리로 둔탁한 메이스가 스치고 지나간다.

퍼억!

"컥!"

이내 정신이 혼미해진 하인트가 바닥에 쭉 뻗은 채 전장을 바라보았다.

라이칸스로프의 앞발에 맞은 병사들은 내장을 쏟으며 즉사했으며, 아울베어가 짓밟고 지나간 곳에는 형체를 알아볼 수 없는 시체들이 나뒹굴고 있었다.

"이, 이건 지옥이야……!"

미처 퇴각신호를 내릴 겨를도 없이 무참히 주살 당하던 제국군 기동대 앞에 몬스터 군단의 수장이 모습을 드러냈다.

"전투를 멈추어라!"

그의 신호 한 번에 몬스터 군단과 기병대가 일사분란하게 도열한다.

촤라락!

마치 나무로 만든 마리오네트가 인형사의 조작에 따라 움직이는 듯한 광경이었다.

아울베어에서 내린 인물은 다름 아닌 칼리어스 군의 수장 아론이었다.

"아, 아론?!"

아론이 바닥에 누워 있는 하인트에게 다가와 섰다.

"일어나라."

손을 내민 아론의 모습은 공포 그 자체로 느껴졌지만, 그는 어쩔 수 없이 손을 내밀었다.

말 한마디 잘못했다간 병사들이 몰살당할 수도 있다고 느끼고 있었던 것이다.

"어떤가? 우리의 전력을 눈으로 직접 본 소감이."

"그, 그건……."

하인트는 온몸이 사시나무 떨리듯 떨려 아무런 말을 할 수가 없었다.

이제 그의 나이 스물 넷, 수많은 전장을 겪은 노장들과 달리 경험이 부족했기에 그 공포는 더욱더 깊게 그를 잠식했던 것이다.

"마음먹으면 내 친구 충식이가 네 머리통을 씹어 먹을 수도 있다."

아울베어의 갈색 눈동자가 번쩍인다.

"크르릉……."

꿀꺽!

마른침이 절로 넘어가는 상황이다.

"나, 나에게 원하는 것이 무엇이오?"

아론이 슬쩍 미소를 지었다.

"역시 머리가 잘 돌아가는군. 제국군은 다른 것은 몰라도 머리 하나는 비상하단 말이지."

그는 하인트에게 금화주머니를 하나 건넸다.

"이, 이게 무엇이오?"

"보면 모르나? 돈이지."

"그건 알겠는데 왜 나에게 돈을……."

"양자택일을 할 수 있는 기회를 주려는 것뿐이다. 너는 제국에 충성하는 기사가 될 것인가, 돈을 좇는 현실주의자가 될 것인가?"

한마디로 아론은 그의 충성심을 돈으로 사겠다고 말하고 있었다.

하지만 그것은 핑계일 뿐, 지금 돈 앞에 굴복하지 않으면 죽여 버린다고 협박하는 것과 별반 다를 것이 없었다.

'빌어먹을……!'

주변에서 그를 바라보는 병사들의 눈에는 간절함이 가득 흘러넘치고 있었다.

만약 여기서 금화주머니를 집어 던져 버린다면 병사들이 그를 죽어서도 원망할 것이 분명했다.

아론은 그에게 군사지도에 가위표가 되어 있는 곳을 가리키며 말했다.

"간단하다. 너는 이 돈을 받고 네 군사들과 함께 이곳으로 이동해서 전투가 끝날 때까지 대기한다. 그리고 전장을 벗어나 다시 조국으로 돌아가던 타국으로 돌아가던, 그것은 네 자유다."

격렬하게 저항하던 병사들은 목숨을 잃었지만 몬스터군단에게 겁먹고 몸을 사린 병사들은 살아남아 있었다.

처음부터 아론은 하인트와 그의 부하들을 몰살시킬 생각은 없었던 모양이다.

"만약 내가 마음을 바꾸어 먹고 당신의 뒤를 친다면?"

목숨을 걸고 내뱉은 가설이었지만 아론은 오히려 실소를 흘렸다.

"그러고 싶으면 그래도 괜찮다. 어차피 나의 군대는 그 누구의 급습도 용납지 않는 천하무적의 군대니까."

실제로 아론의 군대는 화살과 검이 뚫지 못하는 갑옷을 입고 있었다.

심지어 불화살이 닿아도 타지 않는 섬유라니, 화계로 소용이 없다는 소리였다.

"만약 그랬다간 나는 너희에게 자비 따윈 베풀지 않을 것이다. 우리에게 반항하는 세력은 오로지 죽음만 있을 뿐이지."

아론의 경고는 진심으로 느껴졌다.

만약 여기서 그가 반항이라도 하는 날엔 살육이 벌어질 것이 분명했다.

"자, 이제 답변이 되었나? 우리는 그대들에게 자비를 베풀려는 것뿐이다. 그런 호의를 거절하겠다면 이 자리에서 우리 몬스터들의 먹이가 되어라."

그의 손짓 한 번에 아울베어들이 하인트의 주변으로 몰려들었다.

"크르릉……!"

뜨거운 콧바람이 그의 얼굴에 닿을 때마다 식은땀이 사정없이 쏟아져 내린다.

하인트는 눈을 질끈 감았다.

"조, 좋소! 당신들이 원하는 대로 그곳까지 도망가 전투가 끝나길 기다리겠소."

"아주 멍청한 장수는 아닌 모양이군. 국가보다 병사들을 생각하는 장수라면 자신의 명예는 한 수 접을 줄도 알아야지."

그의 어깨를 가볍게 두드린 아론이 다시 아울베어의 등에 올라탔다.

"참고로 우리 칼리어스는 피난민에게는 정착금을 지원하고 있다. 생각이 있다면 칼리어스 본성의 클락을 찾아가라."

그리고 그는 군대를 이끌고 사라졌다.

그제야 긴장이 풀린 그는 바닥에 납작하게 뻗어버렸다.

"허억, 허억……!"

심장이 터져 버릴 것 같이 뛰는 그의 곁으로 병사들이 다가와 물었다.

"장군, 이제 어떻게 하실 겁니까?"

가까스로 자리에서 일어선 하인트가 말했다.

"어차피 이래죽으나 저래 죽으나 죽는 것은 마찬가지다. 택해라. 지금 제국으로 돌아가던지 다른 곳으로 전향하던지."

"하지만 그렇게 되었다간 가족들이 위험할 수도 있습니다."

하인트는 군복을 바닥에 벗어던졌다.

"나는 가족들을 데리고 칼리어스로 향할 것이다. 지금이라면 아르웬에서 가족들을 데리고 올 수 있어."

나머지 병사들 역시 하인트를 따라 군복을 벗어던진다.

"좋습니다. 저희들 역시 장군을 따르겠습니다."

하인트가 고개를 끄덕인다.

"그럼 각자 가족들을 데리고 메시나에서 만나기로 하지."

"예, 장군."

이제는 탈영병이 되어버린 제국군의 특작부대가 아르웬으로 향했다.

*   *   *

끝도 없는 추격에 지칠 대로 지친 연합군은 이제 검을 들 기력조차 남아 있지 않았다.

제이든은 낙오자가 1/10로 늘어나자, 이제 슬슬 한계에 부딪쳤다는 것을 절감했다.

"이제 정말 끝인가?"

그때였다.

"장군! 후방에 적입니다!"

"젠장!"

진군 속도가 느려진 틈을 타 제국군이 벌써 뒤꽁무니까지 따라붙은 모양이다.

지금까지 발버둥 치며 군을 이끌었던 그는 자신의 행적이 너무나도 초라하게 느껴진다.

'정말 이대로 어머니를 따라 가는 모양이다.'

제이든이 살며시 눈을 감았다.

사람이 죽을 때가 되면 인생이 주마등처럼 스쳐 지나간다더니 정말이었다.

아내를 만나 아이들을 낳고 키우며 살아온 인생이 하나의 영상이 되어 그의 머리를 가득 채운다.

'다만 아내의 손을 한 번만 더 잡아볼 수만 있다면…….'

정략혼이 아닌 연애결혼 한 그는 아내에 대한 애착이 남다른 편이었다.

하지만 표현하는 법을 잘 몰라 항상 서툴게 그녀를 대해왔었다.

평소 무뚝뚝해서 아내에게 마음을 잘 표현하지 못했던 자신이 못내 원망스럽다.

"장군! 어찌합니까?!"

극한의 상황, 하지만 그는 끝까지 힘을 낸다.

"전투를 준비한다. 어차피 죽는 것이라면 명예롭게 죽자."

"예, 장군!"

병사들 사이로 전투준비를 알리는 북소리가 울려 퍼진다.

쿵, 쿵, 쿵!

이미 기력이 쇠할 대로 쇠한 병사들은 망연자실한 표정으로 서서히 다가오는 적을 바라보았다.

제이든은 자신의 곁에 선 참모진에게 물었다.

"자네들은 죽으면 어디로 가고 싶나?"

죽음을 논하는 자리, 오히려 마음이 편해진 듯하다.

참모진은 실소를 흘렸다.

"당연히 고향땅 아닙니까?"

"저는 술집입니다. 술집에서 술이나 진탕 퍼마시고 계집의 치마폭에 쌓일 수 있다면 소원이 없겠습니다."

"후후, 자네는 죽어서도 계집질할 생각뿐인가?"

"하하하하!"

어째서 이렇게 절망적인 순간에는 꼭 웃음이 나는 것일까?

제이든이 검을 뽑아 들었다.

스르릉……!

"이번 전쟁은 짧고도 굵었지. 이 정도 했으면 죽어도 여한은 없겠어."

"동감입니다."

이제까지 생사고락을 함께해 왔던 참모부는 결사항전을 다짐한다.

"그래, 어차피 죽을 것이라면 폼 나게 죽고 싶습니다."

"후후, 나 역시 동감일세."

제이든은 이번에도 역시 군사들의 선봉에 선다.

"힘을 내라! 조금 있으면 고향으로 돌아갈 것이다!"

"와아아아아아!"

군사들은 제이든이 말한 고향이 살아서 밟을 수 있는 곳이 아니라는 사실쯤은 너무나도 잘 알고 있었다.

그럼에도 불구하고 이렇게 열렬히 열광할 수 있는 것은 아마 지금까지 이들이 함께해 온 세월이 있기 때문일 것이다.

"돌격!"

"와아아아아아!"

다리는 천근만근에 몸은 물 먹은 솜처럼 무거웠지만 병사들은 굳은 의지를 다진다.

제이든의 말이 적진을 향해 돌격하던 바로 그때였다.

피유웅!

콰앙!

"뭐, 뭐야?!"

제이든이 이끌던 기마대가 난데없이 날아온 화염기둥 앞에 멈추어 섰다.

반사적으로 뒤로 고개를 돌린 제이든은 저 멀리서 한 무리가 달려오고 있음을 알 수 있었다.

그리고 그들의 머리 위로는 돌덩이와 함께 불길을 일으키는 물체가 쏟아져 내리고 있었다.

"전군, 돌격!"

"와아아아아!"

"쿠오오오오오!"

대지를 울리는 말발굽 소리와 괴성, 제이든은 이것이야말로 구원의 손길임을 깨닫는다.

"왕녀님!"

칼리어스로 짐을 싸들고 들어갔다더니 부마감을 이곳까지 몰고 온 모양이다.

제이든은 군사들에게 길을 열 것을 명령했다.

"길을 열어라! 아군이다!"

"아, 아군?!"

"칼리어스의 지원군이다! 어서 길을 터라!"

먼지구름을 일으키며 달려오는 칼리어스 군 진영의 선봉은 다름 아닌 아론이었다.

그는 제이든을 스쳐 가며 살짝 고개를 숙였다.

검을 놓게 치켜든 그는 아울베어를 타고 있었는데, 그 누구보다 빠르게 진격하고 있었다.

"크아아아앙!"

"물러서지 마라! 적의 일선을 해치우면 곧바로 퇴각할 것이다! 두려움을 버려라!"

"칼리어스 만세!"

대지를 울리는 아론의 함성이 멎을 즈음이었다.

양쪽 진영이 부딪친다.

퍼억, 퍼억, 퍼억!

"크허억!"

아울베어와 라이칸스로프에 비해 월등히 작을 수밖에 없는 제국군의 기마대는 소수무책으로 죽어 나간다.

촤락!

"이힝힝!"

"쿠오오오오!"

"죽어라!"

퍼억!

"크하아악!"

몬스터들의 전투력도 위협적이지만 기마대의 돌파력 또한 상상을 초월할 정도였다.

아론은 겨우 3천 남짓한 전력으로 무려 20만이나 되는 기병들을 압박하고 있었다.

"저, 저게 바로 칼리어스 군의 위력이란 말인가?!"

일선에서 몬스터들이 기마병들을 주살하고 있었고, 후방은 이미 불비디기 된 지 오래였다.

뿌우!

놀라운 일이었다.

제국군과 중동부 연합군은 칼리어스 군의 압박에 못 이겨 퇴각의 나팔을 불고 있었다.

아론은 도망가는 군사들을 굳이 추격하지 않는다.

"멈추어라! 우리는 승리했다!"

"와아아아아아!"

전투력, 사기, 무기의 예리함까지.

모든 것이 완벽한, 그야말로 최강의 군대라는 수식어가 아깝지 않은 전투였다.

　　　　*　　　*　　　*

　아르테미스는 처음 맞붙은 칼리어스 군과의 전투에서 처음 공포라는 것을 느껴보았다.

　"빌어먹을……!"

　중동부 연합 사령관 유켈린은 아직도 겁에 질려 있는 아르테미스에게 짜증스럽게 말했다.

　"도대체 이게 어떻게 된 일이오? 바로 몇 주 전만 해도 우리에게 길을 열어주고 제국과 화친한 칼리어스가 아니었소?"

　"아마… 아이엔 왕국과 동맹을 맺은 것이 아니겠소?"

　"동맹?! 아이엔 왕국과 칼리어스가?!"

　칼리어스는 대륙에서 가장 무서운 세력으로 급부상하고 있었다.

　20만에 육박하는 그들의 전력은 가히 2000천만의 병력과 싸워도 필승을 예측할 정도로 엄청난 전투력을 자랑한다.

　그런 그들이 남부 연합과 손을 잡는다는 것은 전쟁이 새로운 국면에 접어들었음을 시사하는 것이었다.

　"이젠 어떻게 할 것이오?"

　"뭘 말이오?"

　"이대로 저들을 내버려 둔다면 앞으로 무슨 짓을 벌일지 모르오. 차라리 선제타격을 하는 것은 어떻소?"

아르테미스가 고개를 가로저었다.

"지금 우리의 상황은 몹시도 좋지 않소. 만약 칼리어스와 적대적인 관계로 돌아선다면 과연 어디까지 밀릴지 알 수도 없을 지경이오."

유켈린은 자신들의 국경지대와 가장 가까운 칼리어스의 군대가 혹시나 공격해 올까 전전긍긍하는 모습이었다.

그렇기 때문에 병력을 모았을 때 총력전을 펼치자는 입장이었던 것이다.

"방금 전 그들의 전력을 두 눈으로 똑똑히 보지 않았소? 저들은 마법을 자유자제로 부리고 몬스터까지 조련하는 놈들이오. 우리가 지금 어떻게 할 수 있는 전력이 아니란 말이오."

"이런……!'

전장에서 아론을 보았다는 것, 그것은 언제고 전투가 벌어질 수도 있다는 소리였다.

중동부 연합까지 강줄기를 타고 간다면 칼리어스 진영에서는 보름도 채 걸리지 않을 것이다.

더군다나 그들의 철갑함대는 대륙 최강으로 알려져 있다.

유켈린은 급하게 군사를 돌리겠다고 으름장을 놓는다.

"안 되겠소. 지금 당장 연합군을 이끌고 본토로 돌아가야겠소."

"그럼 우리는 어떻게 하라는 소리요? 지금 당장 돌아가면 병력의 공백이 생길 텐데?"

"제국의 병력은 충분하지 않소? 싸워서 못 이기더라도 인해전술로 어느 정도 버틸 수라도 있지, 우리는 그런 배부른 상황도 아니란 말이오."

방금 전, 못 볼 것을 보아 군부는 지금 공황상태나 마찬가지였다.

"일단 제도로 돌아가 함께 방도를 연구해 보는 것이 좋지 않겠소? 그래도 연합으로서 참전한 것이니 모든 연합군의 애기도 들어봐야 할 것이고."

흥분상태에 놓여 있던 유켈린이 조금씩 마음을 다잡기 시작한다.

"후우……. 알겠소. 일단 제도로 돌아가서 얘기하도록 합시다."

여러모로 충격적인 장면을 목격한 제국군과 중동부 연합은 돌아가는 발걸음이 참으로 무거웠다.

*　　　*　　　*

전령에게 아론의 배신 소식을 전해들은 카미엘은 분노를 감추지 못했다.

쾅!

"빌어먹을 자식 같으니! 엄연히 제국의 피가 흐르고 있음에도 아이엔 왕국 편에 서겠다는 것인가?!"

"제국에서 버린 아론이 아니옵니까? 처음부터 화친은 불가능했던 것인지도 모르지요."

측근들과 함께 폐허가 된 켈린을 수습하고 있던 카미엘은 곧장 군을 이동시킬 준비에 들어갔다.

"지금 당장 아르웬으로 이동한다. 전란이 어떻게 돌아갈지 모르는 상황에 이러고 있을 시간이 없어."

"예, 전하."

이제부터 제국의 싸움은 대륙의 모든 군이 참여하는 세계대전 양상으로 변해 가고 있었다.

THE LORD OF FANTASY

8장

개국

남부 연합을 죽음의 구렁텅이에서 살려낸 아론은 곧장 칼리어스 본성으로 향했다.

함대는 조금 늦게 아론을 따라올 예정이었고, 그는 먼저 영주성에 도착했다.

벨리안을 비롯한 모든 가신이 아론을 맞이한다.

"고생 많으셨습니다."

아론이 고개를 가로젓는다.

"고생은 무슨."

그는 한껏 치장한 영주성을 바라보며 슬쩍 미소를 지었다.

"개국이 거의 다 준비된 모양이군."

"이제 영주님께서 결정만 분부만 내리시면 개국이 선언됩니다."

제국군을 건드려 놓았으니 반드시 그들이 무슨 행동을 해 올 것이 분명하다.

그렇게 되면 군의 결속력은 더욱더 단단해져야 한다.

아론은 결단을 내렸다.

"개국을 선언하자. 이미 사절단은 모두 도착해 있겠지?"

"물론입니다. 소문이 돌자마자 미리 출발했다고 합니다."

"좋아. 모든 것이 완벽하군."

아론은 곧바로 실비아에게로 향한다.

*   *   *

아론의 집무실에서 그를 기다리고 있던 실비아는 왈칵 문이 열림에 자리에서 일어섰다.

"오셨어요?"

"제가 좀 늦었지요?"

"아닙니다. 저도 나름대로 준비를 해야 해서……."

그녀의 얼굴이 홍조를 띤다.

아마 그녀는 오늘이야말로 뭔가 기대를 해도 좋을 것 같다고 직감한 모양이었다.

아론은 한밭당에서 가지고 온 다이아몬드 반지를 꺼내어

그녀에게 내밀었다.

"거창하게 청혼을 하고 싶었습니다만, 상황이 여의치 않군
요."

그는 아무도 없는 집무실 바닥에 한쪽 무릎을 꿇고 앉았다.

"부족한 저입니다만, 한 평생 부부로 살아주시겠습니까?"

그녀가 고개를 끄덕인다.

"물론이죠."

자리에서 일어난 아론이 그녀의 손에 반지를 끼워주었다.

아직까지 손을 잡아본 적도, 그렇다고 애정표현 한 번 할
수 있는 사이도 아니었지만 그 마음만큼은 진심이었다.

"고생시키지 않겠다고 말하지는 않겠습니다. 다만, 두 눈
에 눈물 날 날은 없도록 하겠습니다."

그녀의 얼굴에 감동으로 물든다.

서로 얼굴도 모르고 시집 장가를 드는 이곳의 패러다임으
로 따지면 이 또한 감격스러운 청혼이 아닐 수 없었다.

*　　　*　　　*

아론이 영주성으로 복귀하고 난 후, 텔레포트 마법진을 통
해 페이든 국왕이 칼리어스를 직접 방문했다.

그리고 그의 곁에는 놀랍게도 제피로스가 함께하고 있었
다.

"아이엔 왕국의 군주를 뵙습니다."

"하하, 일어나시오. 어차피 그대 또한 국왕이 될 사람이 아닌가?"

"그전에 폐하의 사위입니다. 그렇게 부담스러워하실 것 없습니다."

"그래, 그렇다면 사양하지 않겠소."

페이든에게 인사를 마친 아론이 제피로스에게 물었다.

"어떻게 된 겁니까? 제피로스 공은 아직 전장에 계시다고 들었습니다만."

"때가 된 것이지. 랭턴이 없는 루멘트에 내가 남아 있어 뭐하겠나? 그리고 이젠 국왕으로서 등극할 네가 있지 않아? 제 자리를 찾아야지."

너무 갑작스러운 얘기였지만 제국의 궁정마법사단장이 칼리어스로 전향하겠다는 의사를 밝힌 것이다.

"그동안 너무 혼자 내버려 둔 것 같아서 마음이 좋지 않았는데 이제야 그 마음의 짐을 내려놓을 수 있게 되어 다행이야."

"각하……."

"이젠 각하라는 호칭 대신 신하의 칭호를 하사해 주게. 이제부터 나는 아론 너를 주군으로 모시고 랭턴의 또 다른 대의를 위해 정진할 테니."

제피로스가 아론의 앞에 낮게 부복했다.

"이 제피로스, 부족하지만 주군께 누가 되지 않도록 분골
쇄신하겠나이다!"

감격이라는 말로는 이 상황을 온전히 표현할 수가 없었다.

아론은 두 팔로 제피로스의 어깨를 감싸 안았다.

"절대로 실망시키지 않는 군주가 되겠습니다."

페이든은 그런 두 사람을 흐뭇한 눈으로 바라보았다.

＊　　　＊　　　＊

개국을 선언하기 전, 논공행상과 작위수여에 대한 회의가
열렸다.

회의에는 기사단의 원로들과 단장 벨리안이 참석하여 찬
반을 가리기로 했다.

아론은 밤을 새워 만든 품계를 발표했다.

"기사단장 벨리안을 중앙군 사령관으로 임명하며 공작의
작위를 내린다. 이에 이견이 있으면 말하라."

기사단이 전원 찬성했기에 벨리안은 공작의 품계를 받게
되었다.

"그 다음, 부단장 헬리오스를 후작에 봉하며 작전참모수관
으로 임명한다. 이에 이견이 있으면 말하라."

아론의 곁에서 항상 생사고락을 함께한 헬리오스는 누가
뭐라고 해도 최고의 군사였다.

기사단은 헬리오스가 후작에 봉해지는 것에 전원 찬성했다.

그 뒤로 기사단과 각 영지의 영주들에게도 작위를 내렸으며, 작위를 받은 귀족들에게는 각각 영지가 수여되었다.

중앙군 사령관인 벨리안은 메시나를 하사받아 국가에서 가장 비옥하고 부유한 귀족이 되었다.

이제 남은 사람은 한 명뿐이었다.

"전 마법사단장이며 지금까지 우리 영지를 위기에서 구해 준 제피로스 경에 대한 논공행상이다. 제피로스 경의 작위는 그대들이 직접 정하도록 하겠다."

젊어서 지금까지 20년 동안이나 기사단에 몸을 담았던 헬리오스가 말했다.

"제피로스 경은 일반 공신들과는 비교를 할 수 없을 정도로 우리 영지에 많은 도움을 주셨습니다. 마법사단을 보내주신 것도 그렇고 영주님이 위기에 처했을 때마다 구해 주신 분이 바로 제피로스 경입니다."

"그에 따른 작위는 어떻게 되어야 하겠는가?"

"대공의 칭호를 하사하시여 국가의 기틀을 잡는데 이바지할 수 있도록 하시는 것이 옳은 줄로 압니다."

그의 의견에 반발을 하는 이는 아무도 없었다.

다만 작위를 받는 본인이 대공이라는 칭호는 거부감이 든다고 한사코 마다할 뿐이었다.

"칼리어스 기사단이 지금까지 얼마나 고생을 했는지 아시지 않습니까? 대공의 칭호는 벨리안에게 돌아가는 것이 옳습니다."

벨리안이 고개를 가로저었다.

"그렇지 않습니다. 저는 그저 영주님께서 하시는 일에 따랐을 뿐이지, 제가 뭘 어떻게 도모한 것은 없었습니다. 그러니 대공의 칭호는 제피로스 경께서 받으셔야지요."

기사단은 그를 대공으로 추대하기 위해 의견을 모은다.

"경께서 대공의 자리에 앉으시면 우리 칼리어스의 마법이 한층 발전할 것이며, 학문 또한 비약적으로 발전할 겁니다. 부디 저희의 청을 거절하지 마시지요."

상황이 이렇게 되자, 제피로스는 조건부로 품계를 받기로 한다.

"그렇다면 저에게 영지를 내리지 마시고 그저 대공으로서 마탑의 연구에 전념할 수 있게 해주신다면 품계를 달게 받겠습니다."

"영지를 받지 않는 다는 것은……."

"원래 저는 영지를 다스릴 수 있는 사람이 아닙니다. 저로 인해 백성이 불행해진다면 아마 견디지 못할 겁니다."

아론이 고개를 끄덕인다.

"알겠습니다. 그럼 영지를 하사하지 않는 대신 수도인 칼리어스에서 마법연구에 몰두할 수 있도록 하겠습니다."

기사단이 대공으로 추대된 제피로스에게 박수를 보낸다.

짝짝짝짝!

이윽고 아론이 성기사단과 사제들에게 물었다.

"신전은 어떻게 하는 것이 좋겠습니까?"

"원래대로 메시나에 설치하여 그곳에 성기사단을 주둔시
킬 수 있도록 해주십시오."

"알겠습니다. 그럼 그렇게 하시지요."

"그리고 또 하나, 엘리오스 몬스터군단장께서 저희의 주교
가 되어주셨으면 합니다."

영주성 구석에 앉아 회의를 가만히 지켜보고만 있던 엘리
오스가 화들짝 놀라 자리에서 일어섰다.

"세상에 데스나이트가 주교를 하는 법은 없네. 주신을 모
욕하는 일에 동참할 수는 없어."

"종교에서 가장 중요한 것은 믿음이 아닙니까? 당신의 신
념 하나로 여기까지 온 것이니 그 믿음은 누구보다 깊다고 할
수 있을 겁니다."

"아니, 그럴 수는 없다."

아론은 둘 사이에 절충안을 제시한다.

"그럼 이렇게 하는 것이 어떻습니까? 엘리오스를 현 상태
대로 수도에서 신병들을 교육하도록 하는 한편, 명예주교로
모시는 겁니다. 그렇게 되면 종교행사에 엘리오스가 참여할
수 있지만 실제로는 아무런 작위가 없는 것이지요."

기사단장 마이클이 화수의 제안이 마음에 드는 듯, 무릎을 쳤다.

"그런 방법이 있었군요. 엘리오스 경께서도 이런 조건이라면 찬성하시겠지요?"

엘리오스 역시 어쩔 수 없다는 듯, 고개를 끄덕인다.

"뭐, 그 정도 조건이라면……."

"좋습니다. 그럼 신전을 재건하는 것에 대해서는 그렇게 진행하도록 하겠습니다."

이윽고 아론이 앨리라빈에게 물었다.

"내가 당신에게 작위를 내린다는 것 자체가 어불성설이라는 것은 알고 있지만 그래도 칼리어스에 머물면서 여러 가지 조사를 하자면 작위가 필요해. 만약 작위가 싫다면 관직이라도 있어야 해."

이번에는 제피로스가 의견을 냈다.

"마법사단장으로 임명하는 것은 어떻습니까?"

"마법사단장?"

아론이 손뼉을 친다.

"아하! 그런 방법이 있었군요."

"마법사단장과 훈련총관 겸 몬스터군단장이니 공작이나 후작의 작위가 맞겠지요. 다만, 본인들이 원할 때의 얘기지만 말입니다."

엘드라빈이 후자를 선택한다.

"됐다. 우리는 후작의 작위를 받겠다. 더 이상은 무리야."

"그대의 뜻이 그러하다면 그렇게 해야지. 그럼 엘드라빈과 엘리오스의 작위는 후작으로 봉하기로 한다. 이의 있는가?"

기사단이 만장일치로 두 사람의 작위를 결정짓는다.

"그럼 각 영지의 정책이나 제도는 현행대로 유지하되 민생 정책을 최우선으로 하겠다. 이의 있는가?"

"없습니다. 지금 이대로 정책을 유지하시는 것이 옳은 줄로 압니다."

"좋다. 그럼 이대로 영지제도를 정착시키도록 하지."

그밖에 교육, 군사, 교역, 산업 등 많은 안건이 오갔지만 대부분 아론의 정책을 벗어나지 않는다는 것이 지배적이었다.

약 일곱 시간 정도 진행된 회의를 마치고 나니 제법 두꺼운 법전과 정책에 대한 책자가 완성되었다.

"이것으로 회의를 모두 마치기로 하지. 개국기념식과 대관식은 언제인가?"

"이틀 뒤입니다. 대관식 때 국혼을 치를 예정입니다. 괜찮으십니까?"

"그렇게 하게."

드디어 국가의 기틀이 마련된 것이다.

*　　　*　　　*

대륙력 1067년, 칼리어스 영주성에서 '벨런티어' 왕국의
개국기념식이 열렸다.

각국의 사절단 50명이 참석한 가운데 성대한 대관식과 개
국기념식이 시작되었다.

"벨런티어 왕국의 군주이시며 칼리어스 군 총 사령관이신
아론 벨런티어 폐하께서 입장하십니다."

빠바바밤!

성대한 팡파레가 울려 퍼지며 보랏빛 망토를 걸친 아론이
붉은 융단을 밟고 등장했다.

짝짝짝짝짝!

자리에서 일어선 사절단들이 성심성의껏 박수를 친다.

아론은 그런 그들에게 가볍게 목례하며 대리석으로 만든
단상 가까이까지 도달했다.

명예 주교인 엘리오스가 신성력의 집약체인 성수를 꺼내
어 아론의 머리에 부었다.

"주신의 은총으로 벨런티어 왕국의 군주 아론 벨런티어의
머리에 성수를 부었으니, 이는 주신이 대대손손 번창하도록
축원하시는 의미다. 앞으로도 영원토록 주신과 백성들을 위
하는 왕조가 될 것을 기원하노라."

이윽고 엘리오스가 금빛 왕관을 아론의 머리에 씌웠다.

"벨런티어 왕조 만세."

"만세!"

"벨런티어 왕조 만세."

"만세!"

아론이 한쪽 무릎을 꿇고 앉아 있을 때, 벨리안은 곧바로 국혼을 진행시킨다.

"곧이어 벨런티어 왕국의 국모가 되실 실비아 아이에니아 께서 입장하십니다."

빠바바밤!

결혼 행진곡이 울려 퍼지면서 신부가 붉은색 융단을 밟으 며 걸어 나왔다.

순백색 드레스와 은색 면사포를 쓴 실비아가 아론의 곁으 로 다가와 무릎을 꿇었다.

엘리오스는 그녀의 머리에 향유를 부어 축복했다.

"그대는 앞으로 벨런티어 왕국이 번창하는데 국모로서 풍 요와 자애를 아끼지 않을 것이며, 국왕을 보필하여 단란한 왕 가를 꾸릴 것이다. 이는 주신께서 그대에게 내리신 임무이며 사명이다."

그리고 엘리오스는 실비아의 머리에도 왕관을 씌워 주었 다.

"벨런티어 왕조 만세."

"만세!"

"벨런티어 왕주 만세."

"만세!"

실비아의 머리에 왕관이 씌워지고 난 후, 오늘의 예물인 한 쌍의 반지가 대령된다.

"이제 서로가 부부임을 상징하는 반지를 교환하겠습니다. 앞으로 이것은 왕가의 상징이 될 것이며, 국왕부부가 서로 사랑하고 존중한다는 언약의 사슬이 될 것입니다."

엘리오스는 반지를 높게 들어 하늘에 고하고 성호를 그렸다.

"지금부터 영원토록 해로하고 다산하며, 온 누리에 사랑을 전하라. 이것이 주신께서 너희에게 내리는 임무이자 사명이니라."

아론은 아이엔 왕국의 패물인 선왕의 반지를 약지에 끼웠다.

그리고 실비아는 아론이 준비한 다이아몬드 반지를 같은 위치에 끼웠다.

"이로서 두 사람은 영혼을 공유하는 부부가 되었음을 선언한다."

짝짝짝짝!

박수갈채가 쏟아지고 두 사람은 성호를 그렸다.

"이제 절대자의 자리인 옥좌에 두 분 폐하께서 앉으실 겁니다. 이제부터 이곳은 나라의 근간이며 상징입니다. 모든 사람들은 옥좌 앞에 부복하십시오."

무릎을 꿇고 앉아 있던 두 사람은 나란히 걸어가 대전에서 가장 높은 곳에 위치한 옥좌에 앉았다.

장내의 모든 신료와 백성들은 아론과 실비아의 앞에 부복했고, 왕족들은 깊게 고개를 숙였다.

이로서 두 사람은 왕과 왕비가 된 것이다.

"이것으로 대관식 및 개국기념식을 마치겠습니다. 그럼 이어지는 연회를 마음껏 즐기시기 바랍니다."

짝짝짝짝!

아론과 손을 맞잡은 실비아가 슬쩍 미소를 지었다.

"앞으로 잘할 수 있겠지요?"

"물론입니다."

두 부부는 아무런 말없이 손을 맞잡고 있었지만 충분히 서로에 대한 믿음을 확인할 수 있었다.

*   *   *

대관식이 끝난 후, 연회 중간에 일어선 아론은 실비아와 함께 거사(?)를 치르기 위해 침실로 향했다.

시녀들을 모두 물린 실비아가 예복을 벗고 실크재질의 잠옷으로 갈아입었다.

아론 역시 예복과 왕관을 벗고 그녀와 같은 잠옷으로 갈아입었다.

잠옷 안에는 거추장스러운 속옷과 장신구는 하나도 걸치

지 않은 상태였다.

아론은 일렁이는 촛불에 비친 실비아의 아름다운 여체를 잠시 감상한다.

"왜… 그러십니까?"

"너무 아름다워서 그만 넋을 놓았군요. 미안합니다."

실비아가 부끄러운 듯이 웃었다.

"미안하다니요, 부부끼리 몸매를 감상하는 것이 뭐 어떻다고……."

아론은 멋쩍게 뒤통수를 긁적였다.

"그, 그렇습니까?"

그녀는 부드러운 느낌의 침대에 먼저 다가가 몸을 눕혔다.

이윽고 아론이 마른침을 삼킨다.

꿀꺽!

이제까지 서로 남남으로 지내다 며칠 만에 부부가 되어버렸다니, 아론의 입장에서는 손을 잡기조차 어색했다.

하지만 첫날밤을 그냥 보냈다간 평생 그녀에게 지우지 못할 굴욕을 안기는 셈이다.

아론은 단 한 번뿐이었던 그녀와의 경험을 되살려 최대한 자연스럽게 실비아에게 다가갔다.

일단 그는 등을 대고 누운 채 상체만 살짝 일으켜 그녀의 얼굴과 자신의 얼굴을 맞댔다.

그러자, 눈이 마주친 그녀가 고개를 살짝 돌렸다.

"그렇게 바라보시면… 부끄럽습니다."

그저 눈을 마주치는 것만으로도 부끄러움을 타는 그녀의 모습이 너무 사랑스러워 아론은 자신도 모르게 입을 맞추었다.

아주 부드럽고 천천히, 그러면서도 충분히 아론의 감정을 그녀가 느낄 수 있도록 키스를 유도했다.

이윽고 아론은 그녀의 가운을 한 손으로 벗기는 한편, 자신의 가운을 벗어던졌다.

이내 서로의 맨 살결이 부딪치면서 숨결이 점점 거칠어지기 시작한다.

"후읍……!"

"으음……!"

얼굴을 간질이는 서로의 뜨거운 숨결을 느끼며 두 사람은 몸을 섞기 시작했다.

아론의 손길이 스칠 때마다 그녀의 몸은 아주 가볍게 전율했으며, 아론 역시 그녀의 몸 구석구석을 거칠게 탐닉했다.

두 사람 모두 서로에게 집중하며 지금부터 모든 일을 본능에게 맡겼다.

달빛에 비친 침실은 두 사람의 거친 숨소리와 체온으로 달아올라 있었다.

*　　　*　　　*

대관식과 국혼을 모두 치른 아론은 국왕으로서의 첫 국무를 시작했다.

신하들이 모두 모인 가운데 대공이자 재상으로 추대된 제피로스가 국무회의가 시작됨을 알린다.

"지금부터 벨런티어 왕국의 첫 국무회의를 시작하겠습니다. 오늘의 첫 안건은 제국과 중동부 연합에 대한 대응 방안입니다."

아론이 신하들에게 근엄한 목소리로 말했다.

"지금 우리는 루멘트와 중동부 연합과 대치 중인 상황이라고 할 수 있다. 짐의 남부 연합군 구원 작전으로 인해 다시는 돌이킬 수 없는 강을 건넜다고 할 수 있을 것이다. 이에 대해 경들은 어떻게 생각하는지 궁금하다."

그의 질문에 가장 먼저 답한 사람은 벨리안이었다.

"저들이 선제 타격을 하지 않는다면 굳이 우리가 먼저 움직일 필요는 없다고 사료되옵니다."

"그렇게 생각하는 근거는?"

"어차피 저들은 아직 전란을 수습하지도 못한 상태이며 남부 연합과는 다시 피 튀기는 전투를 치러야 하옵니다. 그럼에도 불구하고 우리 벨런티어를 선제 타격한다는 것은 있을 수도 없는 일이옵니다."

아론이 그의 말에 공감한다는 듯 고개를 끄덕인다.

"그래, 맞다. 그건 경의 말이 옳다."

"하여, 신은 우리 벨런티어가 남부 연합과 화친하는 한편 에리시아를 견제하는 정책을 펼쳐야 한다고 생각하옵니다."

"에리시아를 견제한다?"

"우리가 국경지대에 박격포를 설치하는 것만으로도 저들은 쉽사리 우리를 건드리지 못할 것이옵니다. 그런 군사적인 압박을 보여주면서도 화친의 여지를 남겨두는 것이 옳다고 사료되옵니다."

아론이 벨리안의 의견에 대해 신료들의 의견을 묻는다.

"경들의 의견은 어떠한가? 중앙군 사령관의 말이 맞는가?"

장수들과 신료들은 그의 말에 전적으로 동의했다.

"장군의 의견이 옳다고 생각하옵니다."

"전적으로 그러한가?"

"예, 폐하!"

"알겠다. 그럼 중앙군 사령관의 의견대로 정책을 펼친다. 대신들과 대공 내각은 앞으로 대외적인 외교정책을 마련해서 오늘 밤까지 제출하라."

"분골쇄신, 최선을 다하겠사옵니다!"

제피로스는 다음 안건으로 회의를 넘겼다.

"다음은 대대적인 청혼에 대한 안건입니다."

아론은 남부 최대의 섬 국가인 제레니스에서 보내온 친서의 내용을 읽어 내려갔다.

"제레니스 왕조의 장녀 이리스 왕녀와 국혼을 진행하고자 합니다. 귀국에서는 이에 대하여 신속한 답변을 보내주기를 바라며, 앞으로 두 국가가 연합하여 선을 이루는 기분 좋은 소식이 들렸으면 합니다."

친서를 접은 아론이 백작 이상의 인사들을 둘러본다.

"생각 있는 대신들은 손을 들어보게."

제레니스는 남부 연합에서 해상전투를 모두 담당할 정도로 조선기술이 뛰어난 국가다.

때문에 대륙과 대륙 간의 교역을 거의 독점하고 있는 국가였으며, 영해 또한 남조국가들 중에서도 가장 넓었다.

다만 문맹률이 높고 문자를 아이엔 왕국에 의존하고 있어 미개인이라는 꼬리표가 항상 따라다니는 국가였다.

다른 대신들이 우물쭈물하는 사이, 벨리안이 손을 번쩍 들었다.

"신이 국혼을 치르겠나이다."

"경이?"

"어차피 언젠가는 장가를 들어야 할 것이옵니다. 그렇다면 조금이라도 국가에 이득이 되는 쪽을 택하겠나이다."

"스스로 정략혼으로 묶이겠다?"

"그렇사옵니다."

아직 총각인 벨리안에게는 청혼이 물밀 듯이 밀려드는 상황이었다.

그 와중에도 한사코 혼사를 물리치더니, 결국 국혼에 팔려 가려는 것이었다.

"진정 후회하지 않겠는가?"

"결혼이옵니다. 아내를 맞는 일에 후회하지 않는 사람이 어디 있겠시옵니까?"

대신들이 벨리안의 언변에 실소를 흘린다.

"하긴, 그건 그렇지."

"고로, 소신은 그녀를 아내로 맞이하여 가정을 꾸리겠나이다."

"좋다. 그럼 그대가 직접 제레니스로 내려가 아내를 데려오라."

"성은이 망극하여이다, 폐하!"

제피로스는 모든 안건을 다 소화했음에 대전회의를 마치기로 한다.

"이것으로 대전회의를 모두 마치겠습니다."

"성은이 망극하옵니다, 폐하!"

신하들이 아론에게 부복하는 것으로 회의가 모두 끝이 났다.

*　　　*　　　*

벨런티어가 개국을 선언하고 난 후, 칼번과 카미엘의 심기는 조금 복잡해졌다.

"설마 이 타이밍에 개국을 선언하다니, 아론이 꼼수를 부렸사옵니다."

"그러게 말이다. 그것도 아이엔 왕국과 국혼을 맺으면서까지 개국을 선언하다니, 의외로군."

"이것은 분명 우리 루멘트를 의식한 것이옵니다. 따지고 보면 아이엔 때문에 집안이 망했는데 국혼을 맺은 것을 보면 우리가 보란 듯이 행동하고 있는 것이옵니다."

"덤으로 우리와 중동부 연합을 압박하려는 것이겠지."

칼리어스에 주둔하고 있는 병력은 지금 계속해서 증가하고 있는 추세였다.

더군다나 몬스터들 또한 새로 새끼를 낳아 증식하기 때문에 그 숫자 또한 무시할 수 없는 수준에 이르고 있었다.

"고민이군. 하필이면 남부 연합과 붙어먹다니, 골치가 아프게 되었어."

"어쩌면 예정되었던 수순이 아니옵니까? 어차피 아론은 우리 편으로 만들 수 없는 존재이옵니다. 그럴 바엔 남부 연합과 함께 쓸어버리는 편이 낫지 않겠사옵니까?"

"그것이 가능하다면 말이지. 하지만 그 또한 쉽지 않지 않느냐?"

"우리에겐 버리는 카드가 하나 있지 않사옵니까? 그들을 이용하면 조금 더 아론을 귀찮게 할 수 있을 것이옵니다."

칼번이 미간을 살짝 찌푸렸다.

"에리시아를 말하는 것이냐?"

"어차피 영원한 친구도, 그렇다고 적도 없는 것이 이 바닥 아니겠사옵니까?"

대신들이 들으면 난리를 칠 만한 발언이었지만 칼번은 극 현실주의자다.

"태자의 말이 틀리지 않다. 그들을 이용해 아론을 괴롭히 는 것도 하나의 방법이겠지."

"그렇사옵니다. 어차피 버릴 것이라면 조금이라도 이용한 다음 버리는 것이 이득이옵니다."

과연 전란의 끝은 보이는 것인지, 두 부자는 오늘도 밤이 새도록 전략을 논했다.

*　　　*　　　*

악몽과도 같은 평행세계선의 경계는 넘을 때마다 영혼이 증발되는 느낌이다.

"허억, 허억……!"

잠에서 깨어난 화수가 자신의 곁에 놓여 있던 물병을 거꾸 로 물었다.

꿀꺽, 꿀꺽!

"좀 살 것 같군."

항상 이렇게 고통스러운 나날이 계속된다면 아마 정신병이 걸려도 단단히 걸려 버릴 것이다.

　잠시 후, 결전의 날이 밝았음에 모용설이 긴장된 표정으로 화수의 방으로 찾아왔다.

　"사부님. 준비되었습니다."

　"그래, 알겠다. 가자꾸나."

　과연 이 악몽과도 같은 느낌을 지워내자면 어떻게 해야 할지, 필승을 다짐하는 것은 비단 모용설뿐만이 아니었다.

　'그래. 이길 것이라면 속 시원히 이겨다오.'

* * *

　인천국제공항에서 비행기를 타고 상하이에 도착한 화수와 모용설은 곧장 무진그룹 본사로 향했다.

　이미 밖에는 수많은 종친이 모용설을 기다리고 있었다.

　"저들이 모두 너 하나를 보기 위해 모여든 사람들인 모양이야. 분발해야겠는걸?"

　긴장감에 가득 차 있던 모용설이 화수로 인해 조금 미소를 지어 보인다.

　그런 그에게 화수가 말했다.

　"내가 그랬지? 긴장감으로 굳은 몸으로는 아무것도 할 수가 없다고."

"후우……! 알겠습니다! 최대한 진정하도록 노력하겠습니다!"

복싱이나 유도와 같은 스포츠 경기를 보면 코치가 항상 선수를 다독이며 자신감을 불어넣는 모습을 볼 수 있다.

화수 역시 오늘에서야 그 심정을 십분 이해할 수 있었다.

잠시 후, 두 사람의 곁으로 모용진이 다가왔다.

"설이 왔구나."

모용설이 모용진을 보자마자 큰절을 올린다.

"아버지, 절 받으세요."

"하하, 녀석. 그래, 알았다."

사람들의 시선이 어떻든 간에 두 사람은 부자간의 정을 확인하느라 바빴다.

표현은 안 하고 있었지만 모용진 역시 모용설이 무척이나 보고 싶었던 모양이다.

화수는 그런 두 사람을 보며 기분 좋은 미소를 지었다.

"오늘 회장님은 아마 깜짝 놀라실 만한 광경을 목격하게 되실 겁니다."

"부디 그랬으면 좋겠습니다."

모용진이 모용설에게 말했다.

"하지만 네가 다치지 않는 것이 최우선이다. 알겠느냐?"

"네, 아버지."

모용진 부자가 도장으로 들어서려던 바로 그때였다.

"어이쿠, 우리 설이가 이젠 아주 장군감이 다 되었구나."

"숙부님……."

그런 그를 내려다보는 모용청수와 모용설이 눈을 마주한다.

"후후, 오늘을 얼마나 기다려왔던지 몰라."

자신감에 가득 찬 모용청수의 눈빛을 정면으로 받아낸 모용설의 눈에서 짙은 살기가 피어오른다.

"…그 주둥이에서 오늘 곡소리가 흘러나오는 꼴을 녹화해서 UCC로 만들어주마."

모용진와 모용찬은 이제까지 찾아볼 수 없었던 모용설의 살기등등한 모습에 화들짝 놀랄 수밖에 없었다.

하지만 화수는 그런 그를 보며 회심의 미소를 지었다.

THE LORD OF FANTASY

9장

차기 당주의 탄생,
그리고 악몽을 퇴치하는 법

　모용가의 종친들과 원로들이 모인 가운데 모용청수와 모용설의 비무가 시작되었다.

　"서로의 무예를 확인하는 시간이니만큼 예의를 갖추고 도를 넘지 않도록 신경 써야 한다."

　심판으로 나선 소림사의 주지승 혜성은 그 밖에 주의사항에 대해 말했다.

　비무장에서 떨어져 나가는 장외의 경우 패배하며 그 밖에 무림인의 정도를 벗어나는 행동은 즉각적으로 경기에서 패배하는 조건에 해당된다.

　모용설은 비무가 시작되기 전, 검을 뽑아 들고 정신을 집중시켰다.

"후우……!"

그러자, 그의 몸 주변으로 아주 약한 사람이 불어오기 시작한다.

휘이이잉……!

예로부터 추검이 만들어내는 진기는 무색, 무취이며 그 형상은 꼭 바람과 같다고 전해져 내려오고 있었다.

이제는 그 진기에 대해 아는 사람이 거의 없었지만 아론은 그것을 통해 환골탈태를 경험했다.

그리고 모용설 또한 그 진기에 대한 수업을 받았고, 하단전에 진기를 쌓아두는 중이었다.

그 덕분에 그가 운기를 할 때마다 살랑살랑 바람이 불어왔던 것이다.

모용찬은 비무가 시작되기도 전에 이미 불안감으로 가득 차 있었다.

'뭔가… 다르다. 저 녀석 뭐야?'

모용설을 가르쳤다는 화수는 연신 미소를 짓고 있을 뿐이었다.

"그럼 비무를 시작하겠습니다. 시작!"

땡!

경기의 시작을 알리는 종이 울리며, 두 사람이 서로 비무장을 빙글빙글 돌기 시작한다.

서로의 전력을 가늠하는 탐색전에서도 모용설은 모용청수의 발자국 소리 하나까지 놓치지 않고 모두 읽어내 자신의 것으로 만들고 있었다.

　그에 반해 모용청수는 가끔씩 몸을 움찔거리며 상대방을 위협하려는 행동을 하고 있었다.

　누가 보아도 이 승부는 모용설이 유리해 보일 수밖에 없었다.

　검을 잡은 지 이제 반년도 안 된 모용설은 벌써 비무에서 필요한 것이 과연 무엇인지 꿰뚫고 있었던 것이다.

　그러다 먼저 선공을 펼친 쪽은 모용청수였다.

　"허업!"

　추검의 일타섬이었다.

　스릉!

　모용설은 가볍게 몸을 뒤로 한 족장 물린 후, 검을 앞으로 살며시 내질렀다.

　팅!

　너무나 여유롭게 검을 쳐 낸 그의 얼굴에 의미심장한 미소가 지어진다.

　마치 상대방이 무슨 생각을 하고 있는지 모두 알고 있다는 듯한 표정이었다.

　"뭐, 뭐야? 왜 웃어?"

　"그냥……. 귀여워서."

"뭐, 귀여워?!"

모용청수가 흥분해 모용설에게 무작정 몸을 날린다.

"죽여주마……!"

부웅!

초식의 틀 안에서부터 발생된 검술이었지만 그 줄기가 이미 흐려져 있었기 때문에 위력은 방금 전의 절반에도 미치지 못했다.

모용설은 그의 검을 강하게 쳐 낸 후, 곧바로 몸을 앞으로 쭈욱 내밀었다.

팟!

그리고는 곧장 상체를 비틀어 회전력을 만들어냈다.

"저, 저것은……?!"

모용가에서 대대로 전해져 내려오는 회선각이었다.

하지만 그가 구사하는 회선각에는 조금의 군더더기도 찾아볼 수 없었으며, 그 위력 또한 상상 이상이었다.

퍼억!

"커헉!"

복부를 정통으로 얻어맞은 모용청수가 신물을 토해내며 두 족장이나 뒤로 날아가 엎어졌다.

쿠웅!

모용설은 그런 그를 따라 움직이지 않고 상대방이 일어날 때까지 기다려 주었다.

검을 지팡이 삼아 자리에서 일어선 모용청수가 괴성을 지르며 달려든다.

"으아아아! 죽어라!"

모용설은 그런 그에게 본격적으로 뜨거운 맛을 보여주기로 한다.

"검의 길은 무한하다."

"서, 설마……."

"회선참!"

팅!

검을 앞으로 지르며 쏘아져 나간 모용설은 모용청수의 검을 한차례 팅겨 낸 후, 곧바로 검의 길을 바꾸어 그의 몸통을 노렸다.

"허엇!"

가까스로 모용설의 검을 막아낸 모용청수는 충격을 이기지 못하고 검을 놓치고 말았다.

까앙!

이미 승부는 난 것이나 다름없었다.

하지만 모용설은 그에게 검을 주울 기회를 제공하기로 했다.

"검을 잡아. 아직 비무는 끝나지 않았어."

"빌어먹을……! 어디서 잘난 척이야?!"

아마 모용청수가 모용설처럼 차분한 성격이었다면 이쯤에

서 경기를 그만두었을지도 모른다.

그는 화수에게 이길 수 있는 상대가 아닌데 무리해서 덤비는 것은 멍청한 일이라고 배워왔기 때문이다.

비무에서 가장 중요한 것, 그것은 상대보다 자기 자신의 주재를 파악하는 것이었다.

아쉽게도 모용청수는 아직까지 자신의 처지에 대해 깊게 고민해 보지 못한 듯했다.

또다시 무작정 검을 내지르는 그에게 모용설은 패배가 무엇인지 일깨워주기로 한다.

"천라섬!"

극 쾌를 추구하는 추검의 궁극적인 베기 기술인 천라섬은 제대로 맞으면 피도 제대로 터지지 않을 정도로 예리한 초식이었다.

그만큼 눈을 제대로 뜨지 않으면 그 손놀림을 읽어낼 수가 없었다.

까앙!

"크허억!"

모용설은 일부러 공격기술인 천라섬으로 모용청수의 공격을 무마시켰다.

덕분에 그는 손아귀에 힘이 풀려 저절로 검을 놓쳐 버렸다.

그럼에도 불구하고 모용청수는 아득바득 이를 갈며 달려든다.

"죽어!"

고개를 가로저은 모용설이 비무를 끝내기로 한다.

"무식하군. 그렇게 맞고도 정신을 못 차렸단 말이야?"

"죽인다!"

모용설은 선 자리에서 곧바로 발을 들어 올려 모용청수의 관자놀이를 후려 차버렸다.

빠악!

"흐어억……."

어찌나 세게 얻어맞았던지, 모용청수는 단박에 거품을 물고 쓰러져 버렸다.

심판은 재빨리 비무를 중단시킨다.

"그만! 이미 상대가 기절했으니 비무는 끝이 난 셈이다. 모용설 승!"

두 손을 모아 기도하고 있던 모용진이 자리를 박차고 일어선다.

"됐다! 이겼다!"

주변에서 박수갈채가 쏟아지자, 모용설은 깊게 고개를 숙였다.

"감사합니다."

빼어난 검술과 그에 걸맞은 인품까지, 누가 보아도 차기 당주는 모용설이 되는 것이 당연해 보인다.

실력에서 명백하게 패배해 버린 모용찬이 분노를 감추지

못한다.

"이런 쓸모없는 놈을 보았나?!"

같이 자리를 박차고 일어섰지만 모용찬은 분노를 이기지 못하고 도장을 나서 버렸고, 모용진은 기쁨에 겨워 덩실덩실 어깨춤을 추고 있었다.

*　　*　　*

결국 내기에서 화수가 이긴 꼴이었기 때문에 한국에 있는 도장에는 전폭적인 지원이 들어가게 되었다.

그리고 화수는 가문의 일원이 되어 도장에 당당히 그 이름을 등재할 수 있게 되었다.

이제 드디어 그가 그토록 바라던 모용성하의 비밀을 풀 수 있게 된 것이었다.

모용가의 서고에 들어선 화수는 그가 언급했던 사람이 쓴 서책을 찾아다녔다.

"모용림, 모용림……."

모용림이라는 이름을 사용한 사학자 모용림은 모용세가에서 일어났던 진기한 현상에 대해 저술해 두었다고 했다.

그러니 어쩌면 그에게서 해답을 찾을 수도 있을 것 같았다.

화수는 무려 삼 일을 뒤져 모용림이라는 사람이 쓴 서책을 찾아냈다.

"찾았다……!"

모용성하가 언급한 서책은 모용림의 연구일지과 같은 것이었는데, 그의 일대기가 아주 자세하게 기술되어 있었다.

모용가의 본관에 머물면서 서책을 정독한 화수는 그가 평행세계선을 넘나들던 사람임을 알 수 있었다.

"그렇군……. 그래서 이런 서책을 남기고자 했던 것이었어."

지금 화수가 겪고 있는 평행세계선 너머의 악몽은 그가 영원히 목숨을 잃을 수도 있는 불치병을 향해 달려가고 있는 일종의 징후였다.

이것이 계속되면 평행세계선에 끼어 다시는 돌아올 수 없게 되며, 그렇게 되면 영혼이 병들다 이내 사망하게 된다.

화수는 이미 절반 정도 그 병이 진행된 상태였다.

그러나 서책을 모두 정독해도 평행세계선을 넘나들며 생긴 병을 치료할 수 있는 방법은 나와 있지 않았다.

"도대체 왜 이 서책을 찾으라는 유언을 남긴 것일까?"

그는 또다시 모용림이 저술한 책을 찾기 위해 서고를 뒤지기 시작했다.

그러다 그는 모용가의 서고에 지구에서는 찾아볼 수 없는 글씨로 만들어진 책을 발견하게 되었다.

서책을 펼친 화수는 하마터면 심장이 떨어질 뻔했다.

"루야나드 대륙 공용어?!"

그랬다.

모용림이 오가며 생활했던 곳은 바로 루야나드였던 것이다.

그리고 루야나드 대륙 공용어로 만들어놓은 서책에는 그가 루야나드에서 과연 어떤 사람이었는지 서술되어 있었다.

…나는 대륙이 아직 전국시대이던 시절에 태어나 무인들을 규합하고 나라를 세웠다.

사람들은 나를 아이엔 대공이라 불렀고, 나라를 세울 때 그 이름을 그대로 사용하기로 했다.

그리고 나의 생명의 불씨가 꺼질 즈음, 나는 모용탁님의 서책을 왕궁서고에 숨겨두기로 했다…….

모용림은 자신이 불치병에 걸릴 즈음, 병을 치료할 수 있는 서책을 발견했고 그것을 연구하기 시작했던 것이다.

하지만 서하국이 불바다로 변하면서 서책을 아이엔 왕국에 숨겨두었고, 그 역시 평행세계선에 끼어 사망하게 되었던 것이었다.

그러니 모용성하와 알테인이 찾던 것은 아이엔 왕국 서고에 있는 서책이었던 것이다.

하지만 어째서 그 두 사람이 스캔들로 모든 것을 잃으면서까지 아이엔 왕국을 지키려 했는지는 아직 미지수였다.

방법은 하나뿐이다.

끼리릭!

화수는 소주를 한 병 개봉해서 그대로 병나발을 불었다.

꿀꺽, 꿀꺽!

"크흐! 좋다!"

오랜만에 느끼는 낮술의 향기란 오래된 향수를 느끼게 만들어주었다.

그리고 잠시 후, 화수는 서고의 차가운 바닥에 몸을 눕혔다.

*   *   *

칼리어스는 남부 연합이 제국과 대치 중임에도 불구하고 아무런 조치를 취하지 않았다.

한마디로 그들은 중립, 그 이상도 그 이하도 아닌 태도를 고수하고 있었던 것이다.

페이든 역시 그런 아론의 외교에 대해 별다른 이의를 제기하지 않았다.

국혼을 치르고 난 후, 아론은 처가에서 며칠 머물면서 양국의 친모를 도모하기로 했다.

첫날밤을 보내고 난 후에는 신체의 장벽이 없어진 두 사람은 한 치의 틈도 허락지 않겠다는 듯, 꼭 붙어 정원을 거닐었다.

"이곳에서 당신이 자라났겠군요."

각종 공예가 발달한 아이엔 왕국의 조경기술은 그야말로 예술에 가까웠다.

아름다운 조각품들과 나무들의 조화를 이루어 마치 르네상스 시대의 정원에 있는 듯한 착각이 들게끔 만들었다.

"언젠가는 이곳을 당신께 보여드리고 싶었어요. 이렇게 좋아하실 것이라고 확신하고 있었거든요."

"나야 당신이 함께한다면 무조건 좋습니다. 다른 것은 필요치 않아요."

"아론……."

두 사람은 한적한 정원에 서서 격렬하게 입을 맞추었다.

길고도 달콤한 입맞춤을 끝낸 아론이 그녀에게 물었다.

"이곳의 서고는 어떤 모습인가요?"

"서고?"

"원래 남자들은 서고에서 여인을 안는 것에 대한 환상을 가지고 있어요."

그녀가 실소를 흘린다.

"하여간……."

아론은 아랑곳하지 않고 그녀의 허리에 손을 감았다.

"갑시다. 서고에서 아이를 만든다면 똑똑한 왕자가 태어나지 않겠습니까?"

"몰라요……."

마냥 수줍은 그녀와 함께 아론은 아이엔 왕국의 서고로 향했다.

*　　　*　　　*

일주일 동안 아이엔 왕국에 머물면서 아론은 실비아와 함께하지 않은 시간에는 무조건 서고에 틀어박혀 있었다.

처가에 내려와 하는 일이 고작 책에 파묻혀 있는 일이라니, 페이든은 그를 지독한 책벌레라 부르며 고개를 가로저었다.

하지만 그는 아랑곳하지 않고 자신이 원하는 책이 나올 때까지 서고를 뒤지고 또 뒤졌다.

왕국의 서고는 실내수영장보다 넓은 크기로, 어지간해서는 혼자 책을 찾을 수 없을 정도로 넓었다.

그러나 사람이 굳게 마음먹어 이루지 못할 것은 없었다.

아론은 무려 8층 높이의 책꽂이에 꽂혀 있던 한문서찰을 찾아냈다.

"차, 찾았다!"

흥분으로 물든 그가 서찰을 펼쳐 보았다.

그리고 그는 그 안의 내용을 정독하기 시작했다.

…앞서 말했듯이 우리 모용세가의 시조이신 모용조사께서 남

기신 서찰에는 앞으로 총 10명의 천지인이 나올 것이라고 예언하셨다. 조금 억지스러운 말이지만 천지인이 낳은 자식과 천지인이 결합하지 않으면 천지인은 영원히 없어지지 않을 것이며, 그 두 사람의 몸이 합일하지 않으면 불치병 또한 고칠 수 없을 것이다. 그리하여 본인은 이 서찰을 읽는 이에게 말해두고 싶다. 피가 희석된 친척이라고 해서 망설일 필요는 없다. 일단 사람이 살고 봐야 할 일 아닌가?

아론은 책의 끄트머리에 이르러서는 이게 무슨 황당한 일인가 싶었다.

엄연히 따지면 루멘트 제국도, 아이엔 왕국도 모두 모용가에서 세운 국가였던 것이다.

그러니까 알테인 황제가 아이엔 왕국의 왕녀와 정을 통했던 것도 이해가 간다.

알테인은 결국 왕궁서고에 들어오는 일에는 실패했지만 어렴풋하게나마 아이엔 왕국에 뭔가 중요한 것이 있다는 사실은 본능적으로 느끼고 있었던 것이다.

그래서 자신을 따르는 다른 시대의 다른 사람, 우연히도 연대가 겹치게 된 같은 집안사람과 함께 이와 같은 일을 계획했던 것이었다.

결론적으로 아론은 이제 불치병에서 해방된 것이었고, 이제 아이만 낳으면 모든 상황은 정리되는 것이나 마찬가지였다.

아론은 책을 덮자마자 당장 왕녀가 있는 별관으로 향했다.

쿵쿵쿵!

다짜고짜 침실 문을 두드리는 아론에게 시녀들이 달려와 고개를 숙였다.

"무슨 일이신지……."

"내 지금 당장 부인을 봐야겠다."

"잠시만 기다리시지요. 아직 옷을 입으시지 않으셔서……."

아론은 슬쩍 미소를 지었다.

"오히려 잘되었군. 모두 나가거라."

시녀들은 대낮부터 이게 무슨 망측한 짓인가 싶었지만 신혼부부가 다 그렇듯이 주체할 수 없는 본능 때문이라 여겼다.

침실로 침투해(?)들어간 아론은 잠옷 하나만 걸치고 누워 있던 그녀와 눈이 마주쳤다.

"아, 아론?"

"부인!"

마치 며칠은 못 본 사람처럼 그녀를 안고 격정적으로 입을 맞추는 아론을 보고 있자니, 실비아는 이게 도대체 무슨 일인가 싶었다.

하지만 사랑하는 남자가 애정표현을 하겠다는데 싫어할 여자는 세상에 없었다.

"그 짧은 시간 동안에도 내가 그렇게 보고 싶었나요?"

"엄청나게……!"

조금 우여곡절이 있긴 했지만 아론은 이제 그가 진정으로 정착해야 할 곳이 어디인지 깨닫게 되었다.

*   *   *

벨런티어가 연합군에 소속된 것은 아니었지만 협상에 대해 아주 중요한 카드를 쥐고 있다는 것은 변함없는 사실이었다.

더군다나 요즘 아론과 실비아가 꿀단지 같은 금슬을 자랑하고 있다니, 제국의 입장에서는 상당히 부담스러울 수밖에 없었다.

그리하여 카미엘은 아론에게 양자회담을 제의하기에 이르렀다.

벨런티어와 루멘트의 국경지대에 무려 10만이라는 군사가 운집해 있었고, 아론은 단 5천의 군사를 이끌고 회담 장소에 도착했다.

하지만 10만의 군사는 오히려 5천 군사들에게 압도되어 사기가 저하되고 말았다.

아이스트롤을 비롯한 초대형 몬스터들이 3천, 무적의 화력을 자랑하는 박격포가 무려 1천 문이나 동원되었던 것이다.

박격포라는 물건이 얼마나 대단한 화력을 가지고 있는지

너무나도 잘 알고 있기에 10만 병사들은 두려움에 떨 수밖에 없었다.

"쿠웨에에에에에!"

카미엘은 기선제압을 위해 10만이나 되는 병력을 동원했다 낭패를 본 꼴이 되어버렸다.

어째서인지 아론은 항상 그보다 한 수를 뛰어넘는 전략을 구사하곤 한다.

"…저 괴물들은 좀 치워줄 수 없겠소?"

"저렇게 보여도 짐의 말이라면 애교도 부리는 녀석들이오. 실제로 짐의 마당에 가면 아울베어가 배를 까뒤집고 아양을 떤다오."

"……."

처음부터 벨런티어 군이 상식을 가볍게 뛰어넘는 사람들이라는 것은 알고 있었지만 설마하니 이 정도일 줄은 꿈에도 몰랐던 카미엘이다.

"아무튼 협상에 응해 주어 상당히 고맙게 생각하고 있소."

"별말씀을."

카미엘은 다짜고짜 군사지도와 함께 금화주머니를 꺼내었다.

"이것은 우리가 만들어둔 국경지도이고 금화주머니 안에 있는 금화는 개당 1만 골드로 환산하여 지급할 것이오."

군사지도에 새겨진 국경지대는 분명 벨런티어의 것과는

상당히 다른 모습이었다.

벨런티어의 국왕인 아론이 국경지대가 어디인지 모를 리가 없다.

"지금 장난하자는 것이오?"

"설마하니 장난이나 하자고 이곳까지 그대를 불러냈겠소?"

아론은 실소를 흘린다.

"장난이 아니라면 우리 벨런티어와 전면전을 벌이겠다는 생각인 모양이군."

군사들의 숫자, 전투력을 따지면 현재 제국의 전력으로는 벨런티어를 이길 수 없다.

오히려 전면전이 일어나면 멸망을 감수해야 할 것은 루멘트 쪽이었다.

그나마 아론이 호전적인 성향의 군주가 아니기 때문에 제국이라는 칭호가 사라지지 않고 있을 뿐이었다.

자리를 박차고 일어선 아론이 전술지도를 손에 쥐었다.

그리고 손에 힘을 주었다.

화르륵!

"당신들의 집이 꼬라지로 불타는 것을 굳이 보아야겠다면 그렇게 하시오."

루멘트는 돈으로 벨런티어의 영지들을 사들이겠다고 선언한 것이었고, 아론은 그런 그들의 오만을 정면승부를 자처하는 것이라 생각했다.

"결국 우리와는 다른 노선을 고수하겠다는 것이오?"

"원래 그대들과 내가 다른 노선이었다는 사실을 모르는 것은 아니겠지?"

아론은 군사지도로 모자라 협상테이블을 절반으로 쪼개버렸다.

콰앙!

"앞으로 우리가 다시 만난다면 둘 중 하나는 죽어야 할 것이오."

벨런티어는 제국의 검은 돈 때문에 집결할 수 있었던 국가다.

그런 면에서 아론은 그들이 건네는 돈이라면 치를 떨 정도였다.

국가를 이루기 전에는 무슨 돈을 받아도 상관이 없었지만 지금은 입장이 다르다.

멀쩡히 장사를 할 수도 있고 국민들은 각자 생업에 종사하며 성실히 세금을 내고 있었던 것이다.

더 이상 무작위로 돈을 받을 필요가 없어진 것이다.

"그 말 진정 후회하지 않을 자신 있소?"

"자신이 없을 것은 또 뭐요? 잘 지내쇼. 그대의 목은 내가 취할 테니."

아론은 더 이상 제국과의 협상에 응할 생각이 없었다.

어차피 칼번과 카미엘은 그가 해치워야 할 상대였고, 모용가의 자손인 그가 황제로 등극한다고 해도 이상할 것은 없다.

따지고 보면 그 역시 황족이나 다름이 없었기 때문이었다.

하지만 그는 황제로 등극하지 않을 것이다.

칼번과 카미엘을 제거하여 제국을 다시 원래대로 군소국가들로 나누어 놓는 것이 목표일 뿐이었다.

이제는 불치병도, 그렇다고 더 이상 자신을 제외한 그 누가 평행세계선을 넘어 다닐 일은 없기 때문이었다.

*　　　*　　　*

모용문 한국지부, 화수는 오늘도 하나뿐인 제자를 데리고 훈련에 박차를 가하고 있다.

"추검의 길은 어떻다?!"

"무한하다!"

딱딱딱!

목검을 휘두르며 구슬땀을 흘리고 있는 이는 다름 아닌 무진그룹의 차기 당주 모용설이었다.

모용설은 한국에 있는 대학원에서 석사과정을 수료한 후 미국 보스턴 대학교에서 박사과정을 밟기로 했다.

고로, 그 전까지는 무예를 익힐 시간이 충분하다는 소리였다.

그렇다는 것은 모용설의 가장 열렬한 팬이며 보모를 자처
하는 그녀 역시 동행한다는 소리였다.

　"어휴, 땀 냄새! 통풍 좀 되는 옷이나 입고 해요!"

　"이 또한 훈련의 일종입니다. 당신이 상관할 바는 아니
죠."

　"하여간 특이한 사람이야."

　그러면서도 그녀는 훈련의 열기를 식힐 수 있도록 전해질
음료수와 과일 화채를 아이스박스 안에 집어넣었다.

　"적당히 하고 내려와요. 해가 지겠어요."

　"알겠습니다."

　화수는 산을 내려가는 그녀에게 물었다.

　"이봐요."

　"무슨 일이죠?"

　"내일 시간 있습니까?"

　"그건 왜요?"

　"그냥 궁금해서 그럽니다."

　그녀가 대수롭지 않게 고개를 끄덕인다.

　"있어요."

　"그럼 밥이나 먹읍시다."

　"네? 그게 무슨 소리예요?"

　"이해 못했어도 상관없습니다. 하여간 먹을 겁니까, 말 겁
니까?"

"아, 알겠어요."

요즘 들어 모용가의 여자들에게는 다 잘해 주어야 한다는 강박관념 같은 것이 생겼다.

그런 화수에게 모용설이 낮은 목소리로 말했다.

"다 좋은데 장난으로 관심을 갖진 말아주십시오."

화수는 이 어린 소년이 벌써부터 누나를 챙기는 모습이 귀여워 실소를 흘렸다.

"걱정하지 마라. 이미 네 사모로 점찍은 사람은 따로 있으니."

"그럼 다행입니다만……."

"시끄럽다. 어서 집중해서 연습하자."

"네, 사부님."

『몽환의 군주』 완결

THE LORD

에필로그

OF FANTASY

　제레니스로 아내를 맞이하러 시작한 벨리안은 무려 한 달 보름이라는 시간 동안 사투를 벌여야 했다.

　때론 풍랑과 파도가 벨리안을 괴롭혔지만 그는 굴하지 않고 끝까지 바다를 갈랐다.

　그리하여 도착한 제레니스는 상당히 이색적인 곳이었다.

　처음 보는 양식의 건물들과 나무들, 벨리안은 이곳이 정말 섬나라가 맞구나 하는 생각이 들었다.

　벨런티에서 중앙군 총사령관이 내려온다는 소식에 제레니스는 성대한 환영의식을 준비했다.

　"환영하오. 제레니스의 국왕 레기오스라고 하오."

"처음 뵙겠습니다. 벨런티어의 공작 벨리안이라고 합니다."

인사를 건네는 양식은 같았지만 그들이 입고 있는 옷은 도저히 적응이 되지 않는다.

흰색 천으로 만든 옷을 허리띠 하나로 지지하고 있는 그들의 의상은 그야말로 아슬아슬할 지경이었다.

게다가 신발을 나무로 만들어 신고 다니는데, 걸어 다닐 때마다 '딱딱!' 소리가 난다.

조금 심란하긴 했지만 순박하고 성격 좋은 제레니스의 왕족들과 어울리는 시간은 그리 지루하지 않았다.

이윽고 제레니스의 고즈넉한 시골길을 지나 드디어 왕궁에 도착했다.

마치 갑옷의 어깨처럼 생긴 지붕들은 눈이 많이 내리는 제레니스의 특성상 세모로 만들 수밖에 없다고 했다.

왕궁은 모두 나무로 만들었는데, 도대체 나무로 이 높은 건물을 어떻게 올린 것인지 신기할 정도였다.

벨리안은 시녀들의 안내에 따라 별궁으로 향했다.

"이곳에서 앞으로 지내게 되실 겁니다."

"앞으로?"

"원래 제레니스에서는 귀빈이 오시면 보름 동안 극진히 대접하는 것이 기본예절입니다."

"그, 그렇게나 길게 체류해야 한다는 소리요?"

"만약 저희의 호의가 마음에 들지 않으신다면 먼저 돌아가셔도 상관은 없습니다."

벨리안이 고개를 저었다.

"아, 아니, 그런 것은 아니고…….."

"그럼 되었습니다. 잠시 기다리시면 식사와 함께 목욕을 준비해 드리겠습니다."

건물이 죄다 나무로 되어 있어 상당히 추워 보이지만 생각보다는 실내가 아늑해 저절로 잠이 올 지경이었다.

"알다가도 모를 지방이군."

잠시 후, 시녀들이 식사를 가지고 들어와 벨리안의 앞에 정중하게 무릎을 꿇고 앉았다.

"식사 먼저 하시겠습니까? 아니면 관계를 먼저 하시겠습니까?"

벨리안은 순간, 자신의 귀를 의심했다.

"지금 뭐라고 했소? 뭐, 뭐를 먼저 해?"

"관계라고 했습니다."

"허어…….! 지금 그걸 진심으로 하는 소리요?"

"물론입니다. 손님을 즐겁게 해드리는 것은 저희들의 임무입니다. 보통 남성들은 관계를 맺는 것을 좋아하시니 말씀드리는 겁니다."

각자 다른 문화를 지니는 대륙의 각 지방은 그 문화를 존중해 주어야 한다는 것이 아론의 지론이었다.

하지만 이것은 도저히 눈을 뜨고 지켜볼 수가 없을 정도였다.

"나는 모르는 여자와 무분별하게 관계를 맺는 난봉꾼이 아니오. 그대가 뭔가 크게 착각한 모양이군."

시녀들이 벨리안에게 깊게 고개를 숙였다.

"그러신 줄을 미처 몰랐습니다. 사죄드리겠습니다."

"그럴 필요는 없소. 이런 문화도 있고 저런 문화도 있으니 세상을 요지경이라고 하는 것 아니겠소?"

처를 구하러 왔다 성접대를 받을 뻔한 벨리안은 이곳에서 배필을 구할 수 있을까 하는 생각이 들었다.

*　　*　　*

체류 일주일째, 벨리안은 하루에도 몇 번씩 바뀌는 여자들이 저마다 잠자리를 요구하는 통에 정신이 나가 버릴 것 같았다.

하지만 기사도 정신으로 버티고 버틴 그는 모든 여자를 물리쳤다.

항간에는 그를 두고 고자라고 비웃는 사람들도 있었지만 그는 꿋꿋하게 버텼다.

그리고 보름이 되는 날, 제레니스의 국왕은 벨리안을 조용히 왕궁으로 불렀다.

술잔을 사이에 두고 앉은 두 사람이 몇 잔 인가 술을 나누어 마셨을 때였다.

"여봐라, 준비시킨 것을 대령하거라!"

"예, 전하!"

그의 명령에 따라 해산물과 함께 아리따운 여인이 한 명 들어왔다.

레기오스는 벨리안을 바라보며 다소 음흉한 미소를 지었다.

"어떻소? 마음에 드시오?"

하지만 벨리안은 고개를 가로저었다.

"저는 이곳에 신부를 구하러 온 것이지 아무렇게나 몸을 굴리려 온 것은 아닙니다."

술을 따르는 여인의 미모는 가히 숨이 막힐 정도였지만 벨리안은 끝까지 정신의 끈을 놓지 않았다.

"그렇소? 난 또, 우리 성의 여자들이 전부 마음에 들지 않는 줄 알았소."

"그렇지는 않습니다만, 저는 엄연히 청혼을 받아들인 약혼자의 몸입니다. 더럽혀진 채로 아내를 맞을 수는 없지요."

레기오스가 의미를 알 수 없는 미소를 짓는다.

"그렇군. 잘 알았소."

그날, 벨리안은 코가 비뚤어질 때까지 술을 퍼마셨다.

             *   *   *

다음 날, 과음으로 인해 정신을 잃은 벨리안이 가까스로 몸을 일으킨다.

"으음……."

하지만 어쩐지 팔뚝에 뭔가 묵직한 것이 느껴진다.

"뭐, 뭐지?"

이윽고 그는 그것이 사람의 머리라는 것을 깨닫는다.

"우, 우와아악!"

재빨리 그녀의 머리에서 손을 땐 벨리안이 자신의 몸을 더듬어본다.

"어, 없어?!"

속옷은 이미 온데간데없고 웬 이름 모를 여자가 그의 품에 나체로 누워 있었다.

그는 이게 도대체 무슨 조화인가 싶었다.

잠시 후, 그녀가 부스스 눈을 떴다.

"우웅……. 서방님?"

"뭐, 뭐요?"

황당한 표정의 벨리안에게 다가선 그녀가 그의 가슴에 얼굴을 부빈다.

"이제야 진정한 반쪽을 찾았네요. 소녀는 너무나도 기쁘답니다."

"나, 나는 이미 약혼을 한 몸으로……."

"알고 있습니다."

이윽고 방문이 열리고 따뜻하게 데워진 물과 옷가지가 가지런한 상태로 들어왔다.

"공주님, 세수를 준비했습니다."

"그래, 알겠다. 놓고 나가 보거라."

"공주님?"

벨리안은 그제야 그녀가 자신의 약혼녀였다는 사실을 깨닫는다.

"사실, 저는 당신의 인성이 어떤지 궁금해서 제 시녀들을 시도 때도 없이 들여보냈지요. 하지만 당신은 그때마다 그녀들을 한사코 마다하더군요."

"그렇다는 것은 나를 시험했다는 소리요?"

그녀가 다소곳하게 무릎을 꿇었다.

"죄송합니다. 이것이 우리 왕가에서 부마를 들일 때마다 하는 관례인지라 어쩔 수가 없었습니다."

벨리안이 깊게 한숨을 내쉬었다.

"후우……. 이게 다 어떻게 된 것인지 모르겠군."

"걱정하지 마십시오. 어제 술자리도 서방님의 잔에 제가 약을 탔으니까요."

"야, 약을?!"

"이렇게 가까이 몸을 맞대고 얘기하는 편이 나을 것 같아서요. 저 때문에 화가 많이 나셨다면 푸시지요."

벨리안은 너털웃음을 짓는다.

"하하, 하하하하!"

"왜 웃으십니까?"

"영주님 말씀을 인용하면 소가 뒷걸음질 치다 쥐를 잡은 격이라서 그렇습니다."

"그게 무슨 뜻이죠?"

"원치 않게 좋은 일이 생겼다는 뜻입니다. 그저 기사도를 지키려 했을 뿐인데 이런 현명한 아내를 맞았으니 그게 홍복이 아니고 뭐겠습니까?"

"그런 뜻인가요?"

배를 타고 보름, 여기서 여자들의 유혹을 이겨내는 데 보름을 버틴 벨리안은 그만한 가치가 있는 여행이라고 생각했다.

*   *   *

엘드라빈 부자는 3년째 자신들이 죽을 수 있는 방법을 찾아 헤매고 있었지만 좀처럼 성과를 거두지 못하고 있다.

"아버지, 이제 그만 포기해야 하는 것 아닙니까?"

"이제 3년이다. 그렇게 나약한 소리 하지 마라."

자신으로 인해 기구한 운명에 놓인 아들을 위해서라면 3년이 아니라 3백 년을 헤매도 아깝지 않은 것이 엘드라빈이었다.

대륙의 최남단을 지나 이제는 서쪽을 돌아볼 차례였다.

대륙의 남서부 지형은 끝도 없이 펼쳐진 산맥들이 군락을 이루고 있다.

"이곳을 지나자면 엄청나게 오랜 시간이 걸리겠는걸요?"

"어쩔 수 없지. 해보는 수밖에."

사실, 엘드라빈은 이 여행이 평생 끝나지 않아도 상관없었다.

아니, 어쩌면 여행이 끝나지 않기만을 바라고 있는지도 모른다.

언제까지나 아들이 자신을 아버지라 부르며 따르기만 한다면 세상이야 어찌 되어도 상관없다고 생각하고 있었던 것이다.

하지만 그것은 자신의 욕심이라는 것을 너무나도 잘 알고 있기에 하루하루 최선을 다 하고 있다.

그는 하루에도 몇 번씩 생각하곤 한다.

만약 그녀가 살아 있었고 셋이 함께 이렇게 살았다면 얼마나 좋았을까 하고 말이다.

'그래, 그래서 내가 더더욱 죽어야 하는 것이겠지.'

부자가 죽어서 하늘에 갔을 때, 그녀가 반겨 준다면 더 바랄 것이 없을 것이다.

두 사람이 험준한 산맥을 지나 작은 마을에 도착했다.

평화로운 분위기의 마을에는 작은 신전이 하나 자리하고 있었다.

"이곳에서 신전이 다 있군."

"주신을 모시는 일에 장소는 중요치 않지요."

아들을 따라 신전에 들어선 엘드라빈은 신녀에게 꾸벅 고개를 숙였다.

"어서 오세요. 제사를……."

"……."

엘리오스는 그런 아버지를 바라보며 고개를 갸웃거린다.

"아버지?"

신전을 지키고 있던 그녀의 모습은 엘드라빈이 살아가며 단 한 번 사랑했던 그녀와 너무나도 닮아 있었다.

더군다나 그녀의 목덜미에 나 있던 별모양 점은 흔하게 찾아볼 수 있는 것이 아니었다.

그리고 그녀 역시 엘드라빈을 알아본 듯하다.

"당신……."

엘리오스는 연신 고개를 갸웃거린다.

"무슨 일입니까? 두 분이 서로 아시는 사이입니까?"

엘드라빈은 자신도 모르게 주륵 흘러내리는 눈물을 닦을 새도 없이 그녀에게 다가섰다.

"카트리나?"

"엘드라빈?"

카트리나라는 이름은 엘리오스 역시 들어본 적이 있는 이름이었다.

"설마⋯⋯."

그녀가 목이 메여 더 이상 말을 잇지 못한다.

"어머니?"

"흑흑흑⋯⋯!"

죽은 줄로만 알았던 그녀가 지금까지 살아 있다는 것, 그녀 역시 사람이 아니라는 소리였다.

*　　*　　*

엘드라빈이 죽고 리치가 된 것처럼 그녀 역시 화이트 드래곤의 리치가 되었다고 했다.

신성력으로 먹고사는 신녀를 리치로 만들어 버리다니, 드래곤들의 취향은 도무지 이해할 수가 없었다.

"벌써 몇 년째 대륙을 돌아다녔는지 몰라요. 그러다 당신을 찾을 수 없다는 생각에 이곳에 정착하게 되었죠."

그는 이 상황이 기쁘면서도 도무지 받아들일 수가 없었다.

"⋯너무 가혹하군. 가족이 전부 이 모양이라니."

엘리오스가 자신보다 어리게 생긴 부모에게 말했다.

"이렇게 된 김에 우리 함께 여행하면서 정상적인 가족이 될 수 있는 방안을 찾아보는 것은 어떨까요?"

"정상적인 가족?"

"늙고 아프고 나이도 먹고, 그렇게 사는 거지요."

꿈만 같은 얘기였다.

"하지만 도대체 어디서 그 답을 얻을 수 있겠어? 드래곤 하트를 구할 수 있다면 몰라도."

"구할 수 없다면 최소한 구할 수 있을 때까지 돌아다녀보는 것은 할 수 있지 않겠어요?"

엘리오스가 아버지와 어머니의 손을 꼭 잡았다.

"이렇게 만났으니 사람이 될 수 있을지 없을 지는 중요하지 않아요. 그저 함께 있다는 것이 중요할 뿐이지."

엘드라빈이 깊게 고개 숙였다.

"다 내 잘못이다. 내가 못나서……."

"아니에요. 내가 칠칠치 못해서……."

"아닙니다. 두 분이 아니었다면 나는 이미 이 세상에 없을 겁니다."

세상과 편견을 견뎌낸 엘리오스야말로 최대의 피해자일 것이다.

두 사람은 앞으로 그를 위해 살기로 다짐한다.

"그래, 가자. 앞으론 절대로 헤어지지 말고 살자꾸나."

"아버지……."

가장 체구도 작고 볼품없지만 그는 엄연히 이 가정의 가장이었다.

두 사람은 앞으로 리치 엘드라빈을 믿고 평생을 살 것이다.

에필로그 끝

THE LORD OF FANTASY

Plus part

추억 속의 재회

오늘은 쉬는 날이었다.

매일같이 이어지는 바쁜 나날 속에서 화수는 조금이나마
여유를 가져 보기로 했다.

유성온천 앞이다.

화수는 세진을 기다리고 있었다.

"이 자식은 왜 이렇게 안 와?"

여전히 시간 감각이 없는 녀석이다.

15분 정도가 흘러서야 세진이 뺀질거리는 면상을 드러낸
다.

"여~!"

"여는 무슨. 죽고 싶냐?"

"이 자식이 친구가 왔는데 반갑지도 않냐?"

"이 추운 날에 기다리고 있어봐라."

"빨리 들어가기나 하자."

잠깐의 휴식도 나쁘지 않을 것이다.

오늘은 친구와 함께 목욕을 한 후에 술을 한잔하기로 하였다. 다른 사람들은 전부 제외하고 남자들끼리만 말이다.

"으허~ 좋다."

"아저씨 소리 내고 있네."

"불만이냐?"

"너도 많이 늙었구나."

나이가 들어간다는 것을 실감하고 있기는 하다. 그러나 아직까지 신경 써야 할 정도는 아니었다.

목욕탕에 들어갔다가 씻고 핀란드 사우나에 들어갔다 온 후에 노천탕을 가는 것이 정해진 코스다.

때를 밀고 사우나에 들어서는데 세진이 의외의 말을 꺼낸다.

"내일 동창회다."

"어떤 동창회?"

"고등학교 동창회."

"됐다. 안 나가."

"왜? 애들 보면 좋지 뭘 그래?"

"가서 볼 애들도……."

"무슨 섭섭한 소리. 여진이 있잖아."

"차여진?"

"그래. 네 짝궁이었던 차여진."

화수는 깊은 생각에 잠긴다.

"차여진이라."

그리운 이름이다.

차여진은 고등학교 동창일 뿐만 아니라 2년이나 함께 짝을 했던 인연이 있었다. 어느 순간부터는 그녀를 좋아하게 되었고 3학년 때에는 고백을 한 적도 있었다.

지금 생각을 해보면 아련한 기억이 아닐 수 없었다.

"어때?"

"됐다니까."

"네가 좋아했던 여자잖아. 그렇게 쉽게 잊혀질 수는 없을 텐데."

"괜찮다니까."

"내일 오후 6시 유성호텔이다."

"안 간다니까."

"그리고 차는 좀 바꿔서 가는 게 어떠냐?"

"차는 왜?"

"나름대로 성공했잖냐. 여진이도 네가 성공한 모습을 보면 마음이 흔들릴 걸?"

"이 자식아! 나 여자 친구 있잖아."

짝!

놈은 화수의 등짝을 후려친다.

"아프잖아!"

"오고 싶은 것 다 알아. 내일 정문에서 기다릴게."

거의 일방적인 통보였다.

그러나 절대 가지 않겠다는 화수의 생각과는 다르게 계속해서 여진의 얼굴이 머릿속에 떠오른다. 그것은 화수가 목욕탕을 나와 술을 마시는 순간까지도 계속되었다.

*   *   *

고등학교를 다니던 시절, 화수는 그때가 상당히 복잡했던 것으로 기억한다.

질풍노도의 시기, 그럼에도 불구하고 그때의 기억을 추억으로 덮지 못하는 데는 다 이유가 있다.

대전의 한경고등학교, 화수가 창가에 앉아 풍경을 감상하고 있다.

"내일이 졸업인 거 알아?"

"알고 있어."

화수의 짝꿍 그녀는 그렇게 말을 하면서 기지개를 켜고 있었다.

긴 생머리가 어울리는 여자다. 3년이나 짝사랑을 했던 그 여자. 어쩌면 그녀와 짝이 된 것은 운명이 아닐까 하는 생각도 들었다.

지금까지 화수가 고백을 하지 못하고 있었던 것은 바로 친구관계마저 깨어질까 염려를 해서였다. 그 때문에 고백하지 못했다.

그러나 이제는 아니다. 고교시절이 끝나기 전에 반드시 고백을 해야겠다고 화수는 생각하고 있었다.

"…내 말 듣고 있어?"

"응?"

"오늘따라 이상하네."

"잠시 딴생각을 하느라."

"쳇. 내 말은 듣지도 않고."

그녀는 토라진 듯이 돌아선다.

물론 일시적인 현상이다. 그러다가 얼마 지나지 않으면 풀린다는 사실을 화수는 잘 알고 있었다.

내일이 졸업이기 때문에 수업이라고 할 것도 없었다. 그저 영화나 보고 개인적인 시간을 갖는 것이 전부였다.

한 번 고백을 해야겠다는 생각이 들자 그 생각이 머릿속에서 떠나지를 않았다. 하루 종일 멍하게 시간을 보내고 벌써 하교를 할 시간이 되었다.

차여진은 그런 화수를 이상하게 생각하고 있었다.

"오늘 하루 종일 이상해."

"미안. 그럴 일이 있었어."

"나한테도 못 말할 일이야?"

"아니. 말 할 수 있어."

"무슨 일인데?"

눈을 빛내는 여진. 하지만 여기서 고백을 할 수는 없다. 내일 멋지게 고백을 하고 말 것이다.

"내일 졸업식이 끝나고 사육장에서 만날 수 있을까?"

"좋아."

그들은 학교 토끼 사육장을 관리하는 역할을 맡았었다. 때문에 함께 먹이를 주고 청소를 하는 시간이 많았다. 여진은 마지막으로 사육장에서 추억을 되새기자는 뜻으로 받아 들였다.

"고마워."

"무슨 말이야. 마침 나도 할 말이 있었고."

"네가?"

"그래. 졸업하기 전에는 꼭 하고 싶었어."

가슴이 뛰었다.

설마 그녀도 화수를 좋아하는 것이 아닐까 하는 생각.

화수는 하루 종일 그 생각 때문에 머리가 복잡했다.

졸업식이 시작되었다.

졸업을 하면 사회로 나가게 되거나 대학을 간다. 그 때문에 설레기도 할 것이지만 화수에게는 좋은 일만이 아니었다.

고등학교 시절은 추억으로 가득하다. 특히나 여진과 함께 하였던 시간이 많았다. 오늘로써 그런 일상이 끝난다고 하니 아쉬울 수밖에 없는 것이다.

찰칵 찰칵

졸업사진을 찍고 졸업장도 받았다.

짜악!

"아야!"

"이 자식아! 왜 이렇게 죽상이야?"

세진이다.

역시나 이놈과는 질긴 인연이다. 화수는 졸업을 한 이후에도 놈과의 인연이 계속 이어질 것 같은 불안한 예감이 들었다.

"앞으로도 함께 놀자."

"징그러운 소리하네."

"졸업은 또 하나의 시작일 뿐이지."

"약 처먹었냐?"

"큭큭. 이 형아는 데이트가 있어서 이만."

"그러던지."

손을 흔드는 세진.

어쩐지 놈과의 고교생활도 이렇게 끝이 난다고 생각하니 아쉬운 마음이 든다.

슬슬 사육장으로 가보아야 할 시간이었다.

사육장에는 이미 차여진이 기다리고 있었다.

지금까지의 모습과는 다르게 차여진은 상당히 차분해 보였다. 동시에 아쉬운 감정을 얼굴에 드러내고 있기도 하였다.

화수는 기대에 차 있는 얼굴로 그녀 앞에 선다.

"왔어?"

"언제 왔어?"

"한 5분 정도."

"미안. 세진이 녀석이 붙잡고 있느라……."

"그래."

어색한 침묵이 흘렀다.

지금까지 태어나 이렇게 어색했던 적이 있었는지 생각해 보았다. 그런 적은 단 한 번도 없었던 것 같다.

그녀도 무슨 말을 하려는 것이다.

'고백을?'

어제부터 그 생각이 머릿속에서 떠나지 않았다. 하지만 무엇 때문에 그녀가 화수에게 고백을 한단 말인가.

화수는 남들보다 약간 떨어지는 외모다. 그렇다고 성적이 특출 나게 좋은 것도 아니고 집안이 좋은 것도 아니었다. 재미있게 말을 잘하는 것도 아니었으며 뛰어난 매력도 없었다. 그런 화수에게 고백을 한다는 것 자체가 말이 되지 않는 일이었다.

침묵을 깨고 그녀가 입을 열었다.

"네가 좋아."

"……!"

화수의 눈동자가 급격하게 확장된다.

물론 기대는 했다. 하지만 그것은 기대로 끝날 뿐이라고 생각했다. 아무리 생각을 해보아도 그녀가 화수를 좋아 한다는 것은 말이 되지 않는 일이기 때문이다.

화수는 입을 열지 못하고 있었다.

"언제부터였는지는 모르겠어. 그냥 정신을 차려 보니까 너를 좋아하고 있었어."

"나는……."

"조금 더 일찍 말하는 편이 좋았을지도 몰라."

"나도 네가 좋아."

"거짓말."

"정말이야."

"그런데 왜 고백을 하지 않았어?"

"그래서 오늘 용기를 냈어. 고백을 하려고."

"정말이니?"

화수는 고개를 끄덕였다.

이제야 인생의 봄날이 보이는가 싶었다. 하지만 그 뒤에 그녀의 음성에서는 아쉬움이 묻어나고 있었다.

"네가 정말 좋아. 너보다 좋은 남자가 나타날까 싶어. 하지만⋯⋯. 하지만 말이야⋯⋯."

"나와 사귀어 줄래? 아니, 나와 사귀자."

화수는 한쪽 무릎을 꿇었다.

가방에서 꽃을 꺼냈다.

오늘 그녀에게 고백을 하기 위하여 준비하였던 꽃이다.

"흐으윽!"

그때, 그녀의 눈에서 눈물이 흘러내린다.

이렇게 해피엔딩인 것이다. 화수의 인생에도 여자 친구가 생기고 아름다운 사랑을 할 수 있는 기회가 찾아왔다.

그 기회를 놓치지 않겠다고 화수는 생각했다.

그러나 그의 기대는 한순간에 무너진다.

"나, 유학 가."

"뭐⋯⋯?"

"조금 더 빨리 고백하지 못한 것을 후회하고 있어. 그랬더라면 너와 좋은 추억을 쌓을 수 있었을 텐데."

"이전에는 어떤 말도 없었잖아."

"우리의 삶이 무너지는 것이 싫었어."

"그런⋯⋯."

"미안해."

도저히 믿을 수가 없는 일이다.

그녀가 화수를 좋아했었다는 것은 충격이었다. 그러나 그런 그녀와 연인으로서의 하루도 보내지 못하고 헤어지는 것은 더 큰 충격일 것이다.

화수는 차여진을 잡아 이끌었다.

"상관없어."

"뭐라고?"

"오늘 하루라도 내 연인이 되어줘."

"화수야……."

"그 정도는 해줄 수 있지?"

차여진은 천천히 고개를 끄덕였다.

*　　　*　　　*

평범한 날의 평범한 오후다.

지나다니는 사람들은 평화로워 보였고 연인들은 그저 자신들의 생각에 빠져 주변에는 무슨 일이 일어나는지 신경 쓰지 않았다.

지극히 일상적인 광경들이었지만 화수는 전혀 그렇게 생각하지 않았다.

"지금까지 꿈을 꾸었나봐."

"정말 그렇게 생각해?"

"그래도 마지막 순간에는 마음을 확인할 수 있어 다행이라고 생각해."

"하루의 연인이라니."

"하루라고 생각하지 말자. 사람 일은 모르는 것이잖아?"

그녀는 천천히 고개를 끄덕인다.

화수는 여진에게 물었다.

"어디가 좋아?"

"데이트 장소 말이야?"

"그래."

"네가 원하는 곳."

화수는 그녀의 손을 잡아 이끌었다.

화수가 원하는 것은 평범한 데이트였다. 어느 연인들과 다름없는 그런 일상적인 데이트 말이다.

지금까지는 친구로만 지내왔다. 하지만 오늘은 아니다.

화수는 여진의 손을 잡았다. 여진은 화수를 바라보며 수줍게 웃었다.

"가자."

"그, 그래."

그들은 영화관으로 향한다.

그들은 서울시내의 평범한 영화관에서 로맨스 영화를 선택했다.

팝콘과 음료수 하나씩을 산 그들은 중간쯤에 자리를 잡는다.

그들이 보기로 한 영화는 평범한 멜로였다. 성황리에 개봉되고는 있었으나 내용이 지금의 상황과 조금 비슷했다.

친구로 시작을 했고 영화 내내 그들은 다른 관점에서 연인으로 향해나가는 과정을 그리고 있었다.

친구와의 묘한 줄다리기. 아마 그 때문에 영화는 성공을 거둔 것 같았다.

"후우……."

"왜 한숨을 쉬어?"

"그냥. 영화의 내용이 너무."

화수의 말에 그녀의 얼굴도 살짝 어두워진다. 그러나 화수는 재빨리 화제를 전환한다.

"그래도 볼 만은 해."

"그렇기는 하지."

아무래도 수습을 하기에는 늦은 것 같았다.

영화가 끝났지만 그들은 어떤 대화도 나눌 수가 없었다.

영화에서는 해피엔딩이다. 결국 그들은 친구가 아닌 연인으로 발전을 하였고 나중에는 결혼해서 아이까지 낳는다는 내용이었다.

그런 내용이었지만 그들에게는 끝이 정해져 있었다.

저녁이 되어 그들은 레스토랑으로 향한다.

대전 시내의 흔한 레스토랑으로 일류는 결코 아니었다. 다만 그녀는 화수의 손에 끌려 왔을 뿐이었다.

"여기 비싼 곳 아니야?"

"그렇지 않아."

스테이크가 3만 원 정도하기 때문에 그리 비싼 것은 아니었다. 하지만 학생 신분으로는 꽤나 부담이 되는 것은 어쩔 수 없었다.

웨이터는 주문을 위하여 다가왔다.

"무엇을 드릴까요?"

"스테이크 두 개요."

"어떻게 구워 드릴까요?"

"미디움 레어로 두 개."

"알겠습니다. 와인은?"

와인이라는 소리에 그녀는 화수를 바라본다.

화수는 미리 준비한 대로 읊는다.

"까베네쇼비뇽 있죠?"

"있습니다. 한 병 드릴까요?"

"네."

"알겠습니다."

자연스러운 주문이다.

학생신분이기는 했지만 그들은 오늘 졸업을 했고 성인이었다. 와인 한 병 정도는 마음껏 마실 수 있는 나이었다.

"아직도 너를 처음 만났을 때 기억이 생생해."

"그래?"

화수는 그녀를 향하여 웃었다.

과거의 이야기를 하니 마음이 점점 가벼워지고 있었다. 그
러나 끝이 다가오고 있음을, 헤어질 때가 왔다는 사실은 가슴
깊은 곳에서 자리 잡고 있었다.

　식사가 끝난 후, 화수는 여진의 손을 잡아 이끌었다.
　환하게 불이 밝혀져 있는 은행동의 거리다.
　밤이 되었어도 아직까지 많은 사람들로 북적거렸다.
　그녀는 시계를 바라본다.
　"9시네."
　"버스가 끊기기 전에는 들어가자."
　"그래……."
　진한 아쉬움이 남는 것은 그녀도 마찬가지인 것으로 보인다.
　마지막이니 이벤트를 하는 것이 어떨까 하는 생각을 했다.
그 때문에 화수는 기타를 준비해 놓았다. 물론 아직 여진은
알지 못하는 사실이었다.
　시내 한복판에 기타가 준비되어 있었다. 그러니 주변으로
사람들이 몰리는 것은 당연한 일이었다.
　"구경하고 가자."
　화수는 싫다는 여진을 굳이 잡아 이끌었다.
　"잠깐, 화장실 좀."
　"빨리 와."
　"물론이지."

화수는 화장실에 가는 척을 하였지만 실은 다시 돌아왔다. 그리고는 그 자리에 앉았다.

"아!"

여진은 이제야 상황을 깨닫는다.

이런 이벤트를 준비한 사람은 다름 아닌 화수였던 것이다.

화수는 가볍게 기타를 친다.

화수가 부르려고 하는 곡은 MC FLY의 All About You였다.

"It's all about you It's all about you, baby~ It's all about you~"

"화수야……."

그녀는 입술을 깨물었다.

마지막 데이트라는 것은 알고 있었지만 이렇게까지 할 줄은 전혀 몰랐던 것이다.

여진은 수많은 생각을 반복하였고 얼마 지나지 않아 노래는 끝으로 달려간다.

"So I told you with a smile. It's all about you……. It's all about you, baby~ It's all about you… It's all about you……."

"와아아아!"

짝짝짝짝!

박수갈채가 쏟아진다.

화수는 기타를 내려놓고 여진에게 다가간다.

"여진아."

"화수야. 그런……."

화수는 여진의 입술에 입을 맞추었다.

"축하드립니다!"

짝짝짝짝!

다시 터지는 박수갈채.

여진의 얼굴에서 눈물이 흘러 내렸다.

그리고 화수의 볼에도 눈물이 타고 흘렀다.

*   *   *

가슴이 아팠던 과거의 기억.

오랜 세월이 지났지만 그 기억은 가슴속에 박혀서 지워지지 않았다.

지금까지 잊고 살았다. 그러나 오랜 시간이 흘러 20대 후반이 되어서야 선명하게 그때의 기억을 떠올릴 수 있었다.

"어떻게 변했을까."

아직도 고민이었다.

동창회에 나가야 하는지 말이다.

분명 세진은 여진이 온다고 하였다. 그 정보가 틀림없다면 화수는 정말 그리운 사람과 재회를 하게 되는 것이다.

"내일 생각해 보자."

화수는 오지도 않는 잠을 청하기 위하여 눈을 감았다.

*   *   *

다음 날이 되었다.

화수는 여자 친구 유라를 만나기 위하여 커피숍을 찾는다.

"유라야!"

"화수야!"

초등학교 동창인 유라.

오늘 만나려고 하는 사람은 고등학교 동창이다. 어쩐지 그녀와 겹쳐 보여 죄의식이 들기도 한다.

화수는 먼저 동창회에 나간다고 이실직고하였다.

"오늘 고등학교 동창회에 나가."

"네가? 지금까지 그런 일 없었잖아."

"그냥 옛 친구들이 보고 싶어서."

"별일이네."

"나도 가끔은 기분전환이 필요해서."

"나로는 전환이 안 돼?"

"큭. 그런 이야기가 아니잖아."

"농담이야."

역시 유라는 강적이다.

은근히 유라는 화수가 동창회에 나가는 것을 경계하고 있

었다. 아마 그 자신이 초등학교 동창이기 때문에 그러는 것일
지도 몰랐다.

유라는 대놓고 화수를 압박했다.

"바람피지 마."

"그럴 리가 있나."

"말은 왜 더듬는데?"

"아, 아니라니까?"

"수상한데?"

유라는 미간을 가늘게 좁힌 채로 화수를 바라본다.

그녀는 화수를 바라보며 웃음을 터뜨린다.

"장난이라니까."

"전혀 장난으로 느껴지지 않는 것은 왜지?"

"네 마음속에 무언가 걸리는 것이 있어서겠지."

"내가 너 아니면 어디서 여자를 만나겠냐?"

"말이나 못하면 밉지나 않지."

화수는 그녀와 헤어지며 가슴을 쓸어내린다.

역시 여자의 감은 무섭다고나 할까.

"상관없지. 사귈 것도 아니고."

화수는 가벼운 마음으로 동창회에 나가기로 한다.

유성에서 월평동으로 내려오던 화수는 문득 자동차상사가
보여 그쪽으로 핸들을 틀었다.

굳이 차를 바꾸어야겠다는 생각이 들어서는 아니었다. 다만 어제 세진이 했던 말이 떠올랐기 때문이다.

상사에 들어오자 직원이 화수를 친절하게 맞는다.

"자동차를 보시려구요?"

"예."

"어떤 종류로?"

"BMW 5시리즈로 보려고 합니다."

"이쪽으로 오시죠."

화수가 타고 있는 차는 국산이다. 그것도 준대형급이었기 때문에 그의 나이를 생각하면 밀리지 않았지만 확실히 외제에는 포스가 밀리는 느낌이다.

오랜만에 사랑했던 동창생을 만난다는 것 때문이었을까. 평소에는 없던 허영심이 화수를 자극하는 것이 느껴졌다.

후우웅!

가벼운 엔진음과 함께 폭발적으로 치고 나간다.

편의사항은 국산차가 훨씬 한국인에게 맞는 것으로 보였지만 운전을 하는 맛은 독일차를 따라갈 수가 없었다.

"어떠십니까?"

"이래서 독일차, 독일차 하는 것이군요."

"젊은 사장님들이 많이 타지요. 연애하시려면 5시리즈도 괜찮습니다. 여자들도 좋아하거든요."

"여자들이?"

"물론입니다."

화수는 고민하지 않을 수 없었다.

단순히 차를 한 번 타보고 사려 하였는데 이래서야 욕심이 날 수밖에 없는 것이다.

"계약하지요."

"감사합니다. 할부 진행해 드릴까요?"

"현금으로."

"그, 그러시죠."

연식도 최신식이었고 옵션도 풍부하다.

무엇보다 외관이 빼어나 마음에 들었다.

화수는 이전을 곧바로 마치고 유성으로 차를 몰았다.

*   *   *

후우우웅

화수의 차량이 호텔 앞에 선다.

호텔 앞에는 약속대로 세진이 기다리고 있었는데 화수를 보자마자 등짝을 후려쳤다.

짝!

"아야!"

"형님 말 들으니 얼마나 좋냐? 이제야 사장님 포스 제대로 나네."

"영 내키지는 않는다만."

"네 표정은 그렇지가 않은데?"

"쓸데없는 소리 하지 말고 들어가자."

호텔 안에 들어서자 많은 사람이 자리하고 있었다.

화수는 주변을 둘러본다.

"저기에 있네."

세진은 화수의 등을 떠밀었다.

그녀는 사람들과 웃으며 샴페인을 마시고 있었다.

예전이나 지금이나 변하지 않는 미모.

아마 그녀가 그때 외국으로 떠나지 않았다면 지금쯤 어떻게 되었을지 화수도 짐작할 수 없다.

"여진아."

"……."

그녀는 화수를 향해 돌아선다.

그리고 긴 침묵.

화수는 순간이지만 그녀와 헤어졌을 때와 비슷한 느낌을 받았다.

"강화수……?"

"그래. 나야."

"오랜만이야!"

그녀는 화수의 품에 와락 안긴다.

화수의 얼굴은 꽤나 변했지만 기본적인 틀은 변하지 않았

다. 최근에는 성형술도 발달을 하면서 얼굴이 많이 잘생겨 지
더라도 크게 개의치 않는 것이 사회적인 풍토이다.

화수도 얼떨결에 그녀를 품으로 끌어안았다.

"와아! 대단하다. 만나자마자 저러기도 쉽지 않을 텐데."

"쟤들 고등학교 때 짝궁이었잖아? 아마 2년 연속이었을걸."

"그럼 첫사랑이겠네."

동창들은 괜스레 그들을 놀린다.

그러나 그렇게 놀리는 것이 나쁘지는 않았다.

"언제 귀국했어?"

"1년 전에."

"그래서 찾을 수가 없었구나."

"나를 찾았어?"

"물론이지. 최근까지 머릿속에서 잊혀지지가 않았어."

"그럼 오늘 나온 것도?"

"물론이지. 네가 오지 않았을까 해서 나왔어."

"사실은 나도 그래. 세진이가 네가 온다고 해서……."

화수는 힐끔 세진을 바라보았다.

세진은 화수에게 V를 그렸다.

고마운 것인지 그렇지 않은 것인지.

어쨌거나 그녀를 만나서 반가운 것은 맞았다.

"정말 힘들었어."

"나도 그래."

과거의 이야기.

그것은 아련하게 화수의 향수를 자극하고 있었다.

10시 정도가 되어 동창회가 끝난다.

동창들은 서로 번호를 교환하고 떠난다.

오늘 번호를 교환하였지만 대부분은 몇 년이 될지도 모르는 미래에 다시 보게 될 것이다. 동창회라는 것이 그렇다.

화수 역시 그녀의 번호를 묻는다.

"연락해도 돼?"

"물론이지. 하지만 이대로 헤어지는 것이 낫지 않아?"

"왜……?"

"너는 결혼을 할 애인도 있잖아. 나 역시 그래."

"그렇지만 아쉬운데."

화수는 진한 아쉬움을 감추지 못하고 있었다.

어떻게 보면 그녀에게 잘 보이고 싶어서 차를 바꾸었는지도 모를 일이다.

그토록 과거에 사랑했던, 그리고 서로 싫어져 헤어진 것도 아닌 상황에서는 아쉬움이 남는 것은 당연했다.

미소를 짓는 여진.

그러나 그녀도, 화수도 알고 있었다.

오랜 시간이 지난 지금은 결코 연결될 수 없다는 것을 말이다. 그래도 화수의 입장에서는 이대로 돌려보낼 수는 없었다.

오늘 헤어지게 되면 다시는 만날 수 없을 것이라는 생각이
들었기 때문이다.

"내가 데려다 줄게. 그 정도는 할 수 있잖아?"

"그야 물론이지."

그녀는 화수의 차에 올라선다.

후우웅

역시 듣기 좋은 배기음이다.

여자들은 차에 대하여 잘 모르지만 그래도 대략적인 상표
는 알고 있었다.

"좋은 차네."

"고마워."

"그런데 어디로 가는 거야? 옥계동은 그곳이 아닌데……."

"알아."

익숙한 길이다. 다만 예전과 다른 것이 있다면 오늘은 버스
가 아니라 승용차라는 점이다.

고등학생이었던 그들은 어느덧 어른이 되어 만났다.

학교 앞에 내렸지만 문은 닫혀 있었다.

화수는 경비실로 향한다.

"계세요?"

"누구세요?"

"실례합니다. 이 학교 졸업생인데요."

"그런데?"

"학교를 둘러볼 수 없을까요?"

"장난하쇼?"

"사정 좀 봐주십시오."

화수는 경비에게 5만 원짜리를 열 장이나 내밀었다.

경비는 돈과 화수의 얼굴을 번갈아 본다.

"험험. 잠시뿐입니다."

"물론이지요."

돈을 주머니에 찔러 넣는 경비.

역시나 돈으로 해결할 수 없는 일은 이 세상에 그리 많지 않았다.

화수는 그녀와 함께 교실로 향한다. 교실에서 풍기는 은은한 마루냄새. 왁스 냄새도 섞여 있었다.

화수는 오래전 그녀와 함께 앉았던 자리에 앉는다.

"살다 보니 이런 날도 오게 되는구나."

"그러게."

"너는 항상 이곳에서 자고 있었지."

"너는 항상 공부를 하고 있었고."

"방과후에는 항상 함께 사육장에 갔었고."

"사육장에 가볼까?"

"아직도 있을까?"

"아마도."

화수는 그녀를 사육장으로 이끌었다.

익숙한 교정을 걸었다.

오래된 기억들이 되살아난다. 그리고 사육장에 이르자 고백을 했었던 기억도 동시에 살아나고 있었다.

"그대로네."

"학교란 좀처럼 변하지 않네. 우리들은 이렇게 변했는데."

그녀의 말에서 진한 아쉬움을 읽을 수 있었다.

"좋구나."

화수는 그녀와 함께 기억을 더듬으며 사육장을 거닐었다. 그러다가 그때 그 장소에 선다. 고백을 했던 그곳이었다.

"기억나?"

"어떻게 잊을 수가 있겠어."

"정말 놀랐어. 네가 나를 좋아하고 있을 줄이야."

"나도 놀랐어."

"다시 시작할 수는 없겠지만……."

"그야 그렇지."

생각할수록 아쉬움이 남는다.

사랑하는 사람이 있었고 그들은 찾아갈 장소도 있다. 자신들의 자리가 있는 것이다. 그러나 화수는 회상 정도는 괜찮은 것이 아닌가 생각했다.

"너를 사랑했어."

"……."

"시간이 흘러서 너를 만나게 되면 꼭 이 이야기를 해주고 싶었어. 너를 많이 좋아했었다고 말이야."

"화수야……."

화수는 그녀의 손을 잡았다.

"한 번 정도는 이렇게 손을 잡고 싶었어."

그녀는 부드럽게 화수의 품으로 들어온다.

익숙한 향기가 난다.

"음……."

화수는 그녀에게 묻는다.

"앞으로 다시는 볼 수 없겠지?"

"아마도. 다시 보게 되면 바람을 피게 될 것이니까."

"그래……. 이런 것을 두고 어긋남이라고 하는 것일까."

"그렇겠지?"

시간이 멈추어 버린 것 같았다.

아쉬움 속에서 피어나는 것이 사랑이다. 그러나 그 애틋함은 서로에게 독이 될 수 있음을 그들은 너무 잘 알고 있었다. 그렇기 때문에 이쯤에서 감정을 절제하고 헤어져야 한다.

"이제 가자."

"그래……."

그들은 이제 이곳을 빠져 나가기로 한다.

　　　　　*　　　*　　　*

　옥계동의 한 주택이다.

　화수는 오랜만에 이곳을 찾았다. 역시나 이곳에서도 옛 추억이 묻어 있었다.

　"다 왔네."

　"그러네."

　여진은 좀처럼 차에서 내리지 못한다.

　그럴 수밖에 없을 것이다. 아쉬움이라는 것은 다 그런 것이니까.

　"아쉽네."

　"나도 그래."

　이제 시간이 얼마 남지 않았다.

　그녀와 함께할 수 있는 시간은 길어 봤자 5분 정도가 될 것이다.

　달칵

　그녀가 차 문을 열었다.

　이제 끝난 것이다.

　화수는 고개를 돌리기로 했다.

　"화수야."

　"응?"

　그녀는 문을 연 채로 화수를 불렀다.

두근!

심장이 뛰었다.

혹시라도 그녀가 화수를 잡는다면 어떻게 반응할지 알 수 없었다. 그대로 바람을 피게 될지도 모를 일이었다.

"나도 너 많이 좋아했어."

"알고 있어."

"그리고 앞으로도 가슴속에 너를 품고 살겠지."

"……."

"하지만 나쁘지 않아. 여자에게는 되새길 추억 정도는 하나씩 가지고 있어야 하잖아."

화수는 고개를 끄덕였다.

추억속의 남자가 된다는 것. 한 여자에게 평생토록 기억될 수 있다면 그것도 나쁘지 않다는 생각이 들었다.

"그럼 갈게."

"그래. 또 볼 수 있으면 보자."

"한 10년 후가 되지 않을까. 동창회에 나가지 않을 거거든. 그리고 번호도 지울 거야."

"이해할게."

탕!

그녀는 빠르게 집으로 달려간다.

화수는 차를 돌렸다.

부아아아앙~!

차가 빠르게 집으로 달려가고 있었다.

신호를 무시하고 달려가길 5분.

정말 얼마 되지도 않는 시간에 집에 도착했다.

그들은 같은 하늘 아래, 그것도 5분도 채 되지 않는 거리에서 살아가고 있었던 것이다. 가슴속이 복잡해진다.

"추억이라."

추억은 추억으로 끝난다.

화수는 그것을 잘 알고 있었지만 진정을 하기가 쉽지 않았다. 찬물로 샤워를 하고 나면 좀 나아질까 싶었다.

쏴아아아아!

물줄기가 떨어져 내린다.

상당히 차가웠지만 그런 차가움은 느껴지지 않는다. 오히려 선명하게 그녀의 얼굴이 떠오른다.

"헤어짐이라."

알고는 있었지만 타격이 상당하다.

꼭 연인과 헤어지는 기분이었다.

여진도 그런 기분을 느꼈을까.

화수는 씻고나와 전화를 걸었다. 물론 여진에게 거는 것은 아니었다.

따르르릉— 달칵.

[재회는 잘했냐?]

"덕분에."

[어떻게 하기로 했는데?]

"뭐 어쩌기는 그냥 서로 모른 채로 살기로 했지."

[남자가 왜 그렇게 갑바가 없어?]

"나에게는 유라가 있잖아."

[쯧. 술이 고프겠구만?]

"당연하지."

[나와라. 물론 술은 네가 사는 거다?]

"그래……"

평소의 화수였다면 세진의 말에 반발을 했을 것이지만 지금은 그럴 힘도 없었다.

오늘은 유라와 만날 수는 없을 것 같았다. 죄책감 때문이다. 그저 지금은 친구와 술 한잔하고 그녀를 잊고 싶었다.

Plus part 끝

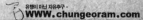

이민섭 新무협 판타지 소설

죽지 못하는 자는 살지 못하는 것과 같다.
그래서 그는 스스로를 무생(無生)이라 부른다.

은퇴한 기인들의 마을, 득도촌
그곳에서 가장 기이한 자는…
은거기인들마저 놀라게 하는 한 명의 청년

"오 무엇도 궁금해하지 말 것!"

부엌칼로 태산을 가르고,
곡괭이질로 산을 뚫는 자, 무생!

흘러 들어온 남궁가의 인연으로,
죽지 못해서 살아온 그가
이제 죽기 위해 무림으로 나선다.

살지 못한 자가 비로소 살게 되었을 때
천하가 오롯이 그의 것이 되리라!

Book Publishing CHUNGEORAM

유협이 아닌 자유추구~
www.chungeoram.com

FUSION FANTASTIC STORY
천성민 장편 소설

짐승의 규칙

『무결도왕』 『다크로드 블리츠』
천성민 작가의 신간!

『짐승의 규칙』

살아야만 했다.
나를 위해 희생당한 부모님을 위해,
복수를 위해.

죽여야만 했다.
내가 살기 위해 타인의 목숨을.

그렇게……
나는 짐승이 되었다.

Book Publishing CHUNGEORAM

유행이 아닌 자유추구 -
WWW.chungeoram.com